光文社文庫

文庫書下ろし／長編時代小説

夜叉萬同心　もどり途《みち》

辻堂　魁《かい》

光　文　社

この作品は光文社文庫のために書下ろされました。

目次

北
東
南
西
1km
鐘ヶ淵
千住大橋
千住道
隅田村
向島
田端
日暮里
三河島
小塚原
隅田川
寺島村
駒込
谷中
金杉村
日本堤
田町
根岸
新吉原
山谷堀
今戸町
千駄木
入谷
鷲神社
今戸橋
竹屋の渡し
白山
下谷
東叡山寛永寺
浅草寺
小梅村
根津神社
本郷
薬園
小石川
中堂
幡随院
広徳寺
阿部川町
東本願寺
花川戸
弁財天
吾妻橋
伝通院
水戸藩上屋敷
不忍池
新堀川
田原町
竹町の渡し
富坂町
下谷広小路
御徒町
駒形町
駒形堂
蔵前
湯島天神
大川
牛込
神田明神
同朋町
森田町
御米蔵
神田川
外神田
天王町
昌平橋
水道橋
花房町
牛込御門
浅草橋
御竹蔵
番町
筋違橋
和泉橋
柳原堤
柳橋
内神田
両国広小路
本所
田安門
雉子橋御門
一橋御門
馬喰町
両国橋
二ッ目之橋
三ッ目之橋
竪川
一ッ目之橋
鎌倉河岸
小伝馬町
浜町
今川橋
日本橋
新大橋
常盤橋御門
北町奉行所
室町
小名木川
江戸城
江戸橋
仙台堀
深川
半蔵門
呉服橋御門
日本橋
南茅場町
材木町
西之御丸
亀島町
永代橋
鍛冶橋御門
八丁堀組屋敷
霊岸島
富岡八幡宮
京橋
南町奉行所
永田町
数寄屋橋
石川島
越中島調練場
坂御門
日枝山王社
西本願寺
新シ橋
築地
佃島
溜池
汐留橋

序　秋光

九月のある夜、浅草花川戸町《あさくさはなかわどちょう》の貸元《かしもと》・谷次郎《やじろう》が、何者かに殺害された。

その一件があった翌日の昼さがり、向島隅田《むこうじますだ》村の百姓が隅田川原に枯木を拾いにきて、川縁の水草の間に浮かぶ若い女の亡骸《なきがら》を見つけた。

木母寺《もくぼじ》北方の青空には、鐘ケ淵《かねがふち》の綾瀬《あやせ》川原で川漁師の燃やす焚火《たきび》の煙が、秋光の模様のように白くゆらめき、亡骸の浮かぶ水草の間には、まがもが騒々しく泳ぎ廻るのどかな午後だった。

百姓は初め、流木が水草の間に引っかかっているのかと思った。

川縁に近づき、女の亡骸とわかって腰を抜かしそうなほど驚いた。

女は顔を水中へ俯《うつぶ》せ、紺縞《こんじま》の着物の後ろ襟《えり》から、下着の紅色を、ほつれ髪のゆらめく水面にひと筋の縁どりのようにのぞかせていた。

百姓は急いで村役人に知らせ、村役人は江戸呉服橋《ごふくばし》の北町奉行所へ届け出た。

当番方の若い同心と、同心の従える手先、紺看板《かんばん》に梵天帯《ぼんてんおび》の中間《ちゅうげん》を乗せた船が隅田川をさかのぼり、寺島村《てらじま》の《寺島の渡し》に到着したのは一刻（二時間）後だった。

同心は百姓と村役人に案内され、隅田川原に開けた田畑の間を上流へとり、亡骸が見つけられた川縁へ蘆荻《ろてき》を分け入った。

そこは、《寺島の渡し》から水神や木母寺へ通じる途中にあった。

女の亡骸は、村役人と村人らによって、まがもが賑《にぎ》やかに鳴き騒ぐ水草の間から引きあげられ、川縁の草むらに敷いた莫蓙筵《ござむしろ》に横たえられていた。

隅田村や南方の寺島村など、近在の百姓らが遠巻きに囲んで、同心の検視が始まるのを見守っていた。川原に開けた田畑の先の、桜が咲く春には花見の客で賑わう隅田堤《づつみ》にも、そちらこちらに人が固まり、川縁で行われている町方の検視を見おろしていた。

同心は亡骸の傍《かたわ》らにかがんで、不気味な死斑《しはん》が浮き、苦悶に歪《ゆが》んだ若い女の顔をのぞきこんだ。

しかし、亡骸は水脹《みずぶく》れの徴候がなく、水死ではなかった。

喉を強い力で絞められた青黒い跡が、細い首筋に残っていて、殺害されたのちに隅田川へ転落したか、あるいは、投げ捨てられたかだった。

「そういうことかい」

首筋の跡を十手《じって》の先でなぞりつつ、同心は呟《つぶや》いた。

亡骸の懐《ふところ》にはわずかな銭の入った巾着《きんちゃく》が残されていて、川縁の蘆荻の中に手拭にくるんだ紅猪口《べにちょく》が見つかっていた。

亡骸の唇《くちびる》には、水の中でも落ちなかった艶紅《つやべに》の跡がかすかに光り、紅猪口をくるんでいた手拭に、紅さし指をぬぐった跡が薄赤くついていた。

「これは、仏の持ち物だな。ここで何かがあって、落としたってことか。せっかく塗った艶紅も、こう苦しそうに顔を歪めちゃあ台なしだ。けど、衣服には乱れがねえ。ほかに疵《きず》はなさそうだし、乱暴を受けたふうでもねえんだが」

同心は、亡骸の着衣の奥を訝《いぶか》しみつつのぞきこんで、自分に言い聞かせるように独《ひと》り言《ご》ちた。

ひととおり検視を済ませると、亡骸を最初に見つけた百姓に、亡骸が浮かんでいた様子を細かに質《ただ》した。それから、

「百姓らしく見えねえが、仏はここら辺の者かい」

と、亡骸の傍らから立ちあがって、村役人に訊《き》いた。

　すると、村役人のひとりが「この者は……」と言いかけ、ほかの村役人らとそろって、周りを遠巻きにする百姓らのほうを見やった。

「うん？」

　同心が向いた遠巻きの百姓らの中に、百姓らしくない年配の女を認めた。女は同心へ、丁寧な辞儀《じぎ》を寄こした。

　裾《すそ》に小さな白い葉模様を散らした地味な紺紫の小袖《こそで》に、白足袋《しろたび》に草履《ぞうり》をつけた身なりのいい刀自《とじ》だった。さり気なく結《ゆ》った丸髷《まるまげ》に白い物がまじり、淡い銀色に染めたように見えた。

　刀自は伏し目がちに、身を固くしていた。

　傍らに、下男《げなん》ふうの男を従えている。

「この仏さんは、あちらの隅之江《すみのえ》のお純《じゅん》さまの奉公人でございます」

　村役人が同心に言った。

「隅之江？」

　同心は繰りかえし、あの隅之江かい、と思った。

「ちょいと呼んでくれ」

　村役人がお純と言われた刀自のそばへゆき、小声で話しかけた。刀自は頷《うなず》き、村役人にともなわれ、下男ともども温和《おとな》しく近づいてきた。そして、同心の二間ほど前までくると、蘆荻の中に歩みを止めてまた辞儀を寄こした。

刀自は、やや上背《うわぜい》のある細身だった。同心に向けてすぐに伏せた目に、涙をぬぐったあとの潤《うる》みが薄赤く残っていた。

目鼻だちの整った色白の品のよい容顔《ようがん》は、若いころはさぞかし美しい女だったろうと思わせる面影があって、気おくれを覚えるほどだった。

ああ、うん……

同心は、思わず咳払《せきばら》いをした。

「仏の雇《やと》い人かい」

「はい。わたくしは隅之江の純と申します。この者は隅之江に奉公しております下男の忠平《ちゅうへい》でございます」

傍らの下男が、頭《こうべ》を垂れた。

「隅之江というと、小網町《こあみちょう》三丁目の下《くだ》り塩《じお》仲買問屋の隅之江さんかい」

「さようでございます」

「そりゃあ大店《おおだな》だ。大店の隅之江さんが、隅田村とどういうかかわりが？」

「隅田村の木母寺さまの近くに、隅之江の寮《りょう》がございます……」

お純は細く長い指をそろえた綺麗な手で、川上の木母寺のほうを指した。隅之江ほどの大店なら、寮があって当然である。

「三年半ほど前、倅《せがれ》の由右衛門《ゆえもん》に隅之江のお店《たな》を譲り、夫と隠居暮らしをいたしておりました。先年、長年連れ添いました夫が亡くなって、それ以来、小網町のお店からこの隅田村の寮に移り住んでおります。こちらの暮らしが、もうおよそ二年余になります」

「この仏は?」

お純は、悲しげな愁《うれ》いを湛《たた》えた目を亡骸へ落とした。

「お豊《とよ》と申し、二十一歳でございました。十三歳のときから隅之江の下女奉公に入り、わたくしどもが隠居暮らしを始めてからは、夫の介助の手伝いをさせておりました。と申しますのも、三年半前に夫が倒れて身体の不自由な身になり、わたくしひとりでは夫の介助はむずかしゅうございますので、お豊がついたのでございます。働き者の気の利いた娘で、本当に助かりました。二年と少し前に夫が亡くなって、わたくしがこちらに移り住むことにした折り、お豊もともに移ってまいりました」

「この巾着と紅猪口は、仏のもんかい」

巾着と手拭にくるまれていた紅猪口を、お純に見せた。

「たぶん、そうだと思います」

「寮では、お純さんと仏のお豊と、忠平さんの三人暮らしだったんだな」

「あっしは、小網町のお店勤めでございます。今朝ほどお純さまより、お豊が昨日出かけたまま戻ってこないとお店に知らせが届き、旦那さまにすぐに寮へいってお純さまに事情をうかがってくるように申しつかり、昼前にこちらへまいりました。お純さまに事情をうかがい、小網町のお店に戻ろうとしていた矢先、この騒ぎが聞こえてきたんでございます」

「すると、お純さんと仏の女二人暮らしか。女二人だけというのは、ちょいと物騒じゃないのかい」

「このあたりはのどかで、景色も美しく、年寄りが静かに暮らすにはよいところでございます。隅田村の人家とも離れておりませんし、木母寺や水神さまには参《さん》詣《けい》の方々が絶えませんので、お豊と二人で暮らしてきて、これまで物騒に思ったことはなかったのですけれど……」

「昨日、お豊はどこへでかけた」

「小網町のお店でございます。月に一度、せいぜい二度、こちらの暮らし向きの様子を倅に伝えるため、お豊に文《ふみ》を持たせております。わたくしが歳ですから、倅が気にかけましてね。昨日もそれでお豊は朝五ツ（午前八時）ごろ出かけ、夕方の七ツ（午後四時）前までに戻ってくるはずでございました。用を済ますだけなら、昼には戻ってこられますが、若い身でございますので、同じ年ごろの奉公人仲間とお喋《しゃべ》りや、少しは紅などの買い物をして気をはらしたいでしょうから、小網町のお店に出かけるときは、いつもわずかながら小遣いを与えております。でも、必ず夕七ツ前には戻ってくるようにと言いつけており、お豊はこれまで、わたくしの言いつけを守らなかったことは一度もございません」

「忠平さん、昨日、お豊は小網町のお店にいったんだな」

「はい。朝の四ツ（午前十時）前でございます」

「お店を出たのはなん刻《どき》ごろだ」

「あっしは見ておりませんが、お純さまの知らせが届いてから、旦那さまが奉公人らにお確かめになられ、昼九ツ（正午）の鐘が鳴ってほどなく、お豊はお店を出たようでございます」

「昼九ツか。お豊の様子に、何か普段と変わったところはなかったかい」

「いえ。変わった様子は別に……」

同心は、隅田川の上流から下流、そして川原に広がる田畑と、田畑の先の木々のつらなる隅田堤を、ぐるりと眺め廻した。

隅田堤に集まった人の数が、さっきよりだいぶ増えていた。

「お純さん、お豊のいき帰りは船かい。それとも徒歩《かち》かい」

「いきは、隅田川が荒れていなければ、水神さまの渡し場から小網町まで、隅田村の船頭さんに頼んで船を仕たてております。戻りは徒歩にしたり、船を頼んだり、お豊の好きにさせております。明るいうちなら心配はないと、これまでは思っておりました」

お純は、物憂《ものう》げな吐息をもらした。

すると、徒歩の戻りに、川縁のこの蘆荻の間の細道をとったってことか。

同心は考えを廻《めぐ》らせた。

「徒歩で戻るなら、寮へは隅田堤よりこの川縁のほうが近道なのかい？」

「はい、少しは近いようでございます。でも、徒歩で戻るときは、明るくても隅田堤のほうから戻るようにと、これも言いつけておりました。隅田堤のほうは、隅田村の人家や人目がございますので」

ということは、お豊はひとりではなかった。あるいは、無理やりこの蘆荻の中に連れこまれた。もしかしたら、お豊に何かがあって戻りが遅くなり、そのときはもう日が暮れていた。何かってなんだ。

ふと、同心は亡骸の唇に光る艶紅を見た。

「お豊は小網町のお店に出かけたときは、例えば寮の月々の入り用をお純さんに届けるために、ご主人から金を持たされるようなことはあるのかい」

「それはございません。わたくしどもの月々の入り用は、手代《てだい》の恵吉《けいきち》という者が毎月の初めに届けにまいります。このあたりが物騒とは思いませんけれど、やはりそれでも、年寄りと若い女の二人だけですから、用心にこしたことはないと倅が申し、わたくしの手元にまとまったお金はおかないようにしております。お豊にお金を持たせることも、ございません」

「もっともだ。だとしてもだ……」

同心は村役人に向きなおった。

「近ごろ、近在で追剝《おいはぎ》が出たり盗人に入られたりとか、性質《たち》の悪い破落戸《ごろつき》がここら辺をうろついているのが見かけられたりとか、若い女が誰かに乱暴されたりとか、そういう出来事はなかったかい」

「いいえ。この村で追剝に遭った者や、盗人に入られた家はございません。怪しげな者を見かけたという話も聞いたことはございません。火事とか喧嘩ぐらいは昔ございましたが、これほど物騒な一件は、隅田村では初めてでございます。これまでに覚えがございません」

年配の村役人がほかの村役人らと目を合わせ、そうだな、というふうに頷き合った。

「よかろう。詳しい話はまたあとで訊く。お純さん、仏は引きとってくれてけっこうだ。今夜は仏の通夜《つや》になるかい」

「はい。お豊の郷里は相模《さがみ》でございます。親元に知らせなければなりません。ですが、このままにしておくわけにはまいりませんので、今宵、わたしどもで通夜の供養《くよう》をしてやり、明日、木母寺さまにお願いして、仮の葬儀を済ませてやるつもりでおります」

お純は目を潤ませてこたえた。

「たぶん、今夜か明日にはもう一度話を訊きにくることになると思う。ただし、仏の火葬はこっちがいいというまで待ってくれ。亡骸をもっと詳しく調べる事情が、あるかもしれねえ。長くは待たせねえ。これから小網町の隅之江さんへいくつもりだ。ご主人の由右衛門さんと使用人仲間の話を聞けば、少しはお豊についての手がかりが見つかるかもしれねえし、まずは、お豊が隅之江さんを出てからの昨日の足どりをつかまなきゃならねえ。ついでだ。由右衛門さんに伝えることがあるなら、伝えるぜ」

「お心遣い、ありがとうございます。それでは畏《おそ》れ入りますが、お豊の通夜と仮葬儀の支度にわたくしと忠平だけでは手が足りませんので、店の者を三、四人寄こしてくれるよう、由右衛門に伝えていただけますでしょうか」

「通夜と仮葬儀の支度に店の者を三、四人だな。わかった。伝えとく。よし、仏に筵をかぶせろ」

同心は手先に言った。

それから、昨日、お豊と思われる若い女を見かけた者がいないか、隅田村から南の寺島村、須崎《すざき》村あたりの、住人のみならず、渡し場の船頭、隅田堤の掛茶屋、念のため、小梅《こうめ》村や請地《うけち》村の酒亭や料亭まで残らず問い合わせておくよう、村役人らに指図した。

「もしかしたら、お豊には誰ぞ、連れがいたかもしれねえしな」

同心は気になるふうに言い残し、寺島村の渡しへ川沿いを戻っていった。

半町ほど戻ってふりかえると、隅田村のほうから早桶《はやおけ》をかついだ男らが、遠巻きの人垣を分けて川縁に近づいていくのが見えた。

村役人が指図をして、遠巻きの村人らも手伝い、お豊の亡骸を早桶に収めた。

お純が、隅田川原に降りそそぐ白い陽射しの下で、亡骸を収めていく早桶にじっと掌を合わせていた。

第一章　黄昏《たそがれ》

一

「りん、倫《りん》……」

お文《もん》の少し甲高く澄んだ声が、勝手から聞こえてきた。

続いて、樫太郎《かしたろう》が活気のある声で、「りんっ」と呼んだ。

倫の鳴き声はかえってこない。

「いないかい？　じゃあいいよ。ほっときな」

お梅《うめ》が言った。

勝手の土間で、お文の駒下駄《こまげた》の音が軽やかに鳴っている。

「もう倫の悪戯者《いたずらもの》。せっかく拭いてやろうとしてるのに」

「倫は気まぐれだからね。気ままがいいんだよ。水で濡れただけだから、そのうちに知らん顔して戻ってくるよ」

のどかなお梅の口調と流し場で水を使う音と一緒に、朝の気配が流れてくる。ついさっき、勝手で鍋か桶のひっくりかえる音がした。倫が鳴き、お文と樫太郎が大声をあげた。

「静かにおし」

お梅が若い二人をたしなめていた。

居室の腰障子《こししようじ》を両開きにした縁側とその先の中庭に、六ツ半（午前七時）ごろの朝の青い光が心地よさそうな陽だまりを作っている。

板塀《いたべい》の囲う中庭には、梅の木が植《う》えられ、葉を繁《しげ》らせる柘植《つげ》や金木犀《きんもくせい》の灌木《かんぼく》、石灯籠《いしどうろう》などがあって、灌木のいく株かの隙間で二、三日前まで花を咲かせていた弁慶草《べんけいそう》が、いつの間にかしおれていた。

季節は、はや冬支度にかかっていた。

萬七蔵《よろずななぞう》は、中庭の景色を眺めつつ、独鈷《どっこ》模様の博多《はかた》帯を強く締めた白衣《びやくえ》の上から、着慣れた黒羽織《くろばおり》を羽織った。黒鞘《くろざや》の二刀と、朱房《しゆぶさ》の十手を二刀のわきに帯《お》びるときの、布に擦《す》れる音が小気味よかった。

廻り髪結《かみゆい》の幸吉《こうきち》がきて、月代《さかやき》を綺麗に剃《そ》り、髭《ひげ》もあたり、小銀杏《こいちよう》を結いなおした。それから亀島町《かめじまちよう》の湯屋に出かけ、朝湯から戻って定服《じようふく》に着替えた。

「よし。いくか」

低く呟き、左右の鬢《びん》を両の掌で軽くなでた。

上背は、五尺八寸（約一七五センチ）ほど。無駄な肉のない痩軀《そうく》である。奥二重《おくぶたえ》のきれ長な鋭い目が、厳《いか》つい顔だちに見せている。だが、いく分骨張った鼻筋の下に、一文字に結んだ口元には、風呂あがりの涼気をしっとりと感じさせた。

萬七蔵の、顔だちの厳つさは父親譲り、風呂あがりのようなのどかさは祖父譲りである。そして、きりりとしていても、よくよく見ると、静かでどこか寂《さび》しげな眼差しは母親譲りの、北町奉行所隠密《おんみつ》廻り方同心である。

四十二歳になっている。

鬢をなでたとき、小鈴のかすかな響きが居室に流れた。

縁側の腰障子の陰から、倫がのぞいていた。七蔵を見あげ、すねるように鳴いた。首に巻いた赤い紐《ひも》の小鈴が、りり、と鳴っている。

この鈴は、倫は「うちの猫だよ」という標《しるし》代わりに、お文がつけた。

「おや？　倫、そこにいたかい」

七蔵が腰をかがめ、手を差し出すと、障子の陰から白い毛並みを忍びやかに現し、居室の七蔵の腕の中へ身をはずませた。

そして、腕の中で今度は、甘えるように鳴いた。

白い毛並みが、少し濡れていた。

倫は、大川《おおかわ》向こうの深川《ふかがわ》の、わけありの女主《あるじ》に飼われていた雌猫《めす》である。

去年、女主が亡くなって、そのわけありにからんだ七蔵のあとに勝手についてきて、八丁堀《はっちょうぼり》の組屋敷に勝手に住みついた、話せば長いわけありの猫である。

倫が勝手に住みついて、一番喜んだのはお文だった。

お文は倫を、歳の離れた妹みたいに可愛がっている。

「お文が呼んでいたぞ。またなんぞ粗相《そそう》をしたかい」

七蔵は腕の中の倫に話しかけながら、縁側伝いに勝手に顔を出した。

「あ、旦那さま。かっちゃん、お出かけの刻限だよ」

お梅が、台所のあがり端《はな》に腰かけて七蔵を待っている樫太郎に言った。

樫太郎は威勢よく立ちあがった。

「倫、おいで。拭いてあげるから」

お文が七蔵の腕の中の倫を見つけ、桃色の鼻緒《はなお》に黒塗りの駒下駄を鳴らした。

「お文に叱られるから、ちゃっかり、こっちへ逃げてきた。ほら、倫、お文に濡れた毛を拭いてもらえ」

板敷におろすと、倫は澄ました様子で板敷を足早に進み、お文の襷《たすき》で袖を絞った細く白い腕の中へ、純白の毛並みを軽々と躍らせた。

「駄目じゃない。旦那さまのお支度の邪魔になるでしょう」

お文が姉さんふうに言い諭《さと》し、濡れた毛並みを手拭で拭った。

首の小鈴が鳴り、倫は言いわけがましくすねた声で鳴いてみせた。

七蔵にはもう見向きもしない。

小憎らしいくらいのすげない気性が、ちょっと鼻高な倫らしい愛嬌である。七蔵は倫の頭を指先でひとなでし、

「じゃあな、倫。樫太郎、いくぞ」

と、勝手の土間にそろえてある雪駄《せった》に紺足袋を突っかけた。

「へい、旦那」

樫太郎が調子よく言って七蔵に従い、お梅とお文が表戸のところまできて、

「いってらっしゃいませ」と、声をそろえて七蔵と樫太郎を見送った。

縹《はなだ》色に紅葉《もみじ》小紋の小袖を着け、橙《だいだい》色の襷で袖を絞ったお文の肉の薄いほっそりとした立ち姿は、ふくよかなお梅の島田《しまだ》より、顔の半分以上が上に出ている。

お文はまた背が高くなっている。

童女の面影を残したまだ十四歳、いや、はや十四歳と言うべきかもしれない。七蔵の母親・伝《でん》の妹の、七蔵の叔母《おば》・由紀《ゆき》の孫娘である。

去年より行儀見習いと称して、七蔵の組屋敷に奉公を始めた。

「二本差しではあっても、町方ごときの屋敷で行儀見習いと言われてもな」

と、七蔵は困ったものの、当のお文に、「どうしても七蔵さんのお屋敷で」と望まれ、断りきれずに引き受けた。

そのうちいやになって辞めるだろう、というぐらいに思っていたのが、未だにいやにならず、一年以上も続いている。

お梅は七蔵の祖父・清吾郎《せいごろう》が寝たきりになったときの世話に雇い、清吾郎が亡くなったあとも、七蔵の男やもめ暮らしの家事仕事を任せている。生まれも育ちも深川で、六十歳になったのかなっていないのか、お梅自身、「いくつでしたっけね」と笑って言っている。

七蔵より小柄な樫太郎は、七蔵の手先を務めてそろそろ丸三年になる。

木挽町《こびきちょう》の地本問屋・文香堂《ぶんこうどう》の倅で、家業の本屋の主人に納まるよりは戯作者《げさくしゃ》になるのが望みの、好奇心旺盛《おうせい》な十九歳の若衆である。

見聞を広める狙いで、十五の歳から岡っ引きの室町《むろまち》の髪結《よし床》の嘉助《かすけ》親分の下っ引きを務め、十七歳の一昨年の文化三年（一八〇六）正月、嘉助親分の引きで七蔵の御用聞、すなわち手先についた。去年、手先務めに何かと都合がいいというので、木挽町から屋敷内の離れに越してきた。

この樫太郎と、お梅、お文、そしてわけありの白猫の倫が、亀島橋に近い組屋敷のひとつ屋根の下に暮らす七蔵の一家である。

「いってくる」

前庭を抜け、組屋敷を囲う板塀の片開きの木戸を出た。

晩秋の冷たい朝の気配が、七蔵の小銀杏をなでた。

「りん、倫……」

明るい陽射しの下の往来をゆくと、お文の少し甲高い澄んだ声が、また心地よく聞こえてきた。

二

内与力《うちよりき》の久米信孝《くめのぶたか》に呼ばれたのは、呉服橋の北町奉行所に入ってほどなくだった。紺看板の下番が、

「萬さま、久米さまのお呼び出しです。内座之間《うちざのま》へいかれますように」

と、伝えにきた。

「承知した」

七蔵は下番にかえすと、すぐに表門長屋にある同心詰所《つめしょ》を出た。

破風《はふ》造りの壮麗な大庇《おおびさし》の表玄関前には、那智黒《なちぐろ》の砂利が敷きつめられていて、表門と玄関を結ぶ十四、五間の敷石が通っている。七蔵は敷石に雪駄を足早に鳴らし、玄関式台から玄関の間の廊下にあがった。

廊下を例繰方《れいくりかた》詰所、詮議所《せんぎしょ》、大白洲《おおしらす》の裁所《さいしょ》のある左へとって、廊下の途中から右手の縁廊下へ折れた。折れ曲がりの縁廊下は狭い中庭を囲っており、中庭には夾竹桃《きょうちくとう》が植えられ、石灯籠がおかれている。

朝の陽射しが、屋根庇のくっきりとした影を描いている。

今朝も雀《すずめ》が、夾竹桃や石灯籠、屋根庇の間を忙《せわ》しなく飛び廻っていた。

久米信孝は、北町奉行小田切土佐守《おだぎりとさのかみ》の目安方《めやすかた》を務める内与力である。

旗本が町奉行に就職するにあたって、十名ほどの事慣れた家臣を、公用人や目安方として、内与力に任用することができた。

従来の町方役人である町奉行所に属する与力ではないが、町奉行の意向や方針を奉行所に徹底させる側衆《そばしゅう》の役目を担っていた。内与力用の禄《ろく》が、従来の与力の禄とは別枠で設けてある。

隠密廻り方のみならず、定町《じょうまち》廻り方、臨時《りんじ》廻り方の町家《まちや》の治安を保つ役目の廻り方には、仕事柄、支配役の与力はおかれず、町奉行に直属した。

側衆の内与力が、町奉行の指図を廻り方に伝える役割を負っている。

殊《こと》に久米信孝は、北町奉行小田切土佐守の信任の厚い家臣で、奉行所内でも隠密にしなければならない指図を、隠密廻り方に伝える役目を果たしていた。

久米に内座之間《うちざのま》によばれるときは、間違いなく町奉行の指図を伝えられる。

七蔵は陽のあたる縁廊下に跪《ひざまず》き、内座之間の明障子《あかりしょうじ》ごしに言った。

「萬七蔵です。お呼びにより、まいりました」

「入ってくれ」

珍しく、久米の声がかえってきた。たいてい七蔵が先にきて久米を待ち、久米が七蔵を待っているのは、あまりないことだった。

急を要するのか。

思いつつ、明障子を開けた。

久米が麻裃《あさがみしも》の背中を丸めて、床の間を背に端座《たんざ》していた。地黒の痩せた頬とひと重の細い目が、愛想もなく七蔵へ向けられている。

膝の上で尺扇《しやくおうぎ》を皺《しわ》だらけの掌に軽く打ちあて、物憂《ものう》げに玩《もてあそ》んでいた。

久米と対座し、手をついた。すると久米は、

「萬《まん》さん、あやめの権八《ごんぱち》、という名を聞いた覚えはあるかね」

と、七蔵が手をあげる先に、いきなりきり出したのだった。

「あやめの権八、ですか……」

唇を一文字に結び、考えた。

「十年以上前になります。吉原の地廻りに権八という名の男がおりました。吉原の西河岸で地廻りと小見世の若い者の喧嘩沙汰があって、けが人と死人が出たことがあって、当時わたしは掛のない平《ひら》同心でしたが、当番方で出役《しゆつやく》し、検視をいたしました。地廻りが何人か捕縛され、その中に権八という男がおりました。正確な顔つきまでは思い出せません。ですが、わたしより背の高い、痩せた険《けわ》しい風貌だったような覚えがあります」

「萬《まん》さんより背が高いのかね。なら大男だな」

久米は七蔵を、《まんさん》と、くだけて呼ぶ。与力と同心の間柄ではあっても、御奉行さまの隠密の指図を伝える役目と受ける役目の仲間同士、と思うのだ

ろう。七蔵も、久米さまではなく、久米さんである。

「その権八はどうなった」

「叩きと江戸四里四方《しりしほう》追放の刑になったと、聞いたのみです。そののちどうなったかは、存じません」

「たぶん、その地廻りの権八に間違いない。権八は、江戸追放の刑になって上《じょう》州《しゅう》へ流れていたが、上州の裏街道で暮らす間に、その腕っ節の強さと命知らずの度胸で、ずいぶん危ない仕事を請《う》け負《お》って名をあげ、《あやめの権八》と呼ばれるほどの無頼《ぶらい》の徒《と》になった。萬さん、半月前の今月の上旬だが、花川戸の谷次郎というやくざが殺された一件を、知ってるな」

「はい。花川戸と山之宿《やまのじゅく》、金龍山下瓦町《きんりゅうざんしたかわらまち》あたりまでの、浅草川沿いの盛り場を縄張りにする貸元です。谷次郎と谷三郎《やざぶろう》兄弟が仕きっており、兄が殺され、弟の谷三郎は誰の仕業かと下手人《げしゅにん》捜しに血眼《ちまなこ》になっていると、噂は聞こえております」

「表だって花川戸や山之宿の町家は平穏ながら、浅草川沿いの盛り場では、縄張り争いの戦が今に始まるのではないかと、不穏な気配が収まらぬらしい」

「谷次郎殺しは、縄張り争いが原因なんですか」

「でなければ、谷次郎は誰ぞの恨《うら》みを買っていたかだ」

「浅草のあのあたりは、広小路《ひろこうじ》を挟んで、いく人かの貸元が縄張りを分け合って互いに力が拮抗《きっこう》しており、縄張りを廻るごたごたやもめ事の噂は、これまで聞かなかったんですがね」

「そうらしいね。谷次郎の弟の谷三郎は、相当血の気が多くてな。何かあると、すぐに荒っぽい手だてで決着を図る男だ。それに引き換え、兄の谷次郎はそんな谷三郎を押さえ、事を荒だてるような手だてには慎重だった。事を荒だてると、いろんな意味で跳《は》ねっかえりも大きいからな。だから、博徒《ばくと》らや盛り場でも、評判がいいのは兄の谷次郎のほうで、弟の谷三郎が恨みを買うのならわかるが、というこことだった」

「恨みではなく、谷次郎谷三郎の縄張りを狙った殺しなら、慎重に物事を進める兄の谷次郎のほうがやっかいだし、邪魔に思うでしょう。谷次郎が狙われたのはもっともかもしれません」

「やっぱりそうか」

七蔵は久米を見つめ、黙って頷いた。

「谷次郎殺しの調べを、町方は進めておる。ただ、あの手合いは、やられたらやりかえす、売られた喧嘩は買う。始末は、あの手合い同士が裏でつける、というのが定法だ。だから、探索は進んでいなかった。手がかりは見つかっていない。ひとつには、谷次郎の殺害が浅草寺《せんそうじ》境内だったため、寺社奉行の支配地との兼ね合いもあった。萬さんに言うのは、釈迦《しやか》に経だが」

久米の尺扇が止まり、考える素ぶりを見せた。中庭の雀の騒ぎ声が、聞こえている。久米はまた、尺扇を掌に打ちあて始めた。

「昨日、寺社奉行さまより御奉行さまに、その話が伝えられた。浅草界隈の寺社地を巡回する寺社奉行さま配下の大検使《だいけんし》に差口《さしぐち》があった。花川戸の谷次郎殺しが、あやめの権八の差金《さしがね》ではないかというのだ。大検使にその差口をしたのは、光兵衛《こうべえ》という花川戸の口入屋《くちいれや》だ。光兵衛は、谷次郎の縄張りで広末《ひろすえ》という口入屋を営《いとな》み、谷次郎にはいろいろと世話になっていたそうだ。谷次郎谷三郎兄弟とは長いつき合いで、殊に兄の谷次郎とは、兄弟の杯を交わすぐらいの親密な間柄だった。谷次郎が殺されて、機会があれば仇討《あだうち》をしたいとさえ思っていたところが、数日前、妙な噂を耳にした。無頼な渡世人らの間でも、ほんのひとにぎりしか知らぬという噂だ」

久米はひと呼吸をおいた。

「上州のあやめの権八が、江戸へ戻っており、浅草駒形町《こまかたちょう》で《あやめ》という蕎麦《そば》屋を開いている。むろん、萬さんの知っている吉原の地廻りだった権八だとしたら、江戸四里四方追放だから蕎麦屋など開けぬ。当然、亭主の名は権八ではない。常五郎《つねごろう》だ。常五郎と変えている、と光兵衛は言っている。だが、光兵衛はあやめの権八の風貌は噂でしか知らない。だから、駒形町の常五郎が権八かどうかは定かではない。ただ、もしも常五郎が噂に聞いたあやめの権八だったなら、駒形町の蕎麦屋の《あやめ》は泥棒宿《どろぼうやど》ではないかと言うのだ」

「泥棒宿、ですか」

七蔵は思わず訊きかえし、久米は尺扇を打ちあてている。

泥棒宿という裏稼業があった。泥棒宿を営む主人は、盗賊一味や盗人らが企てる盗み働きの資金提供や様々な便宜《べんぎ》を図ることによって、稼ぎの何割かの分け前をとる元締めのような立場である。

「さっき言ったが、あやめの権八が上州で名をあげたのは、邪魔者の始末の頼みを請け負い、その腕っ節の強さが裏街道で評判になったからだ。同時に権八は気の廻る男らしく、泥棒宿の稼業もかねて、その稼業で江戸へ戻る元手を作ったとも、上州の一部の貸元らの間では言われていた。江戸は人があふれている。得体の知れない者たちが次々とやってきては、いつの間にか去っていく。江戸はそういう町だ。その江戸の盛り場で泥棒宿を開けば、さぞかし儲かるべえな、とあやめの権八は江戸へ戻る機会をうかがっていたそうだ」

「すると、駒形町の蕎麦屋の《あやめ》は、あやめの権八の営む泥棒宿ではないかという噂があるのですね」

「そうだ。常五郎が駒形町に蕎麦屋の《あやめ》を店開きしたのは、三年ばかり前のことだ」

「三年ばかり前なら、吉原の一件があってから、およそ十年がたったころになりますね」

「ふむ。ちょうどそれぐらいだな。のみならず、光兵衛の聞いた噂によれば、あやめの権八が江戸に戻ってきたのは、ただ、泥棒宿を営むことだけが狙いではないらしい。権八は、駒形町の泥棒宿を足がかりにして、いずれは、浅草界隈のどこかの縄張りを腕ずくで手に入れ、泥棒宿の亭主から盛り場の貸元へ、衣替えを図るというのが、そもそもの狙いだというのだ。邪魔者の始末の請け負い人といい泥棒宿の亭主といい、危ない稼業だ。いつまでも、というわけにはいかない。

あやめの権八にも、いずれは見きりどきがくる。自分の縄張りを手に入れ、賭場《とば》の貸元になりすませば、天下の江戸の盛り場の親分として、一端《いっぱし》の顔も利くし、同じ裏稼業でも、裏街道からまたどこかの裏街道へと逃げ廻らなくとも済む、というわけだ」

「それで、谷次郎谷三郎の縄張りを狙い、兄の谷次郎を始末した……」

「ただし、所詮、噂にすぎない。光兵衛の聞いた噂が確かである証拠は、何ひとつない。駒形町の蕎麦屋の《あやめ》は堅実な商売をしており、亭主の常五郎は、仮人別《かりにんべつ》ながら、三年前、上州は中ノ条《なかのじょう》から江戸で商売をするために出てきて地道に励んでいる男、ということになっている。とりたてて、怪しいところはない」

そこでまた尺扇を止め、七蔵を見つめた。

「萬さん、探ってくれるかね」

久米が言い、

「承知いたしました」

と、七蔵は阿吽《あうん》の呼吸を合わせるようにこたえた。

久米は頷き、尺扇を再び打ちあてながら続けた。

「光兵衛は、谷三郎にあやめの権八の噂を伝え、二人で力を合わせて谷次郎の敵《かたき》を討ちたいと思っている。だが、血の気の多い谷三郎では、確かかどうかもわからないうちに、あと先を考えず、手下を引き連れ駒形町の《あやめ》に乗りこみかねない。喧嘩沙汰になって死人やけが人を出したら、谷三郎はただでは済まないだろうな。そんなことになれば、かえって知恵の廻るあやめの権八の思う壺ではないかと、光兵衛は恐れた。そこで、お上の手を借りるため、差口に及んだというわけだ。町奉行所としても、上州の裏街道で名の知られているあやめの権八を捕えられるなら、面目を大いに施《ほどこ》せる。花川戸や山之宿のご禁制の賭場に、まずは目をつむってでもな。そうだろう」

七蔵は首肯した。

「言うまでもないことだが、探索は隠密にやってもらわねばならない。町奉行所が探っていると気づかれると、駒形町の常五郎があやめの権八だったなら、たちまち江戸から姿をくらますだろう。そうなると、せっかくの機会を失う」

しかし、久米は眉をひそめ、気がかりな様子を見せた。

「久米さん、何か気がかりが?」

「十数年前、吉原の喧嘩沙汰の折りに、萬さんは、地廻りだった権八を見ているわけだな。地廻りの権八が、江戸追放になってあやめの権八になった。ということは、あやめの権八は萬さんを知っている恐れはないかね」

「あのとき捕縛した何人かの中に権八がいただけで、名前は覚えていますが、顔は思い出せません。わたしがとり調べにあたったのでもありません。十数年がたっています。顔を見てもわからないと思うのですが、念のための用心に、この探索はわたしではなく……」

「いや。この一件は萬《まん》さんに任せる。御奉行さまが、萬《よろず》にやらせろと、仰っているのだ。あやめの権八は相当の腕っ節と聞こえている。この一件は、萬さんにやってもらうしかない」

久米は、気乗りのせぬふうな口ぶりで言った。

三

馬頭観音《ばとうかんのん》の御堂がある駒形町あたりの隅田川を、宮戸川《みやとがわ》とも言う。

御堂の前に茶屋があって、そこの河岸場が、浅草寺の参詣にいくにも吉原へ遊びにいくにも、大抵の《船着き場》と定まっている。

参詣客は、駒形堂で口をすすぎ、身を浄《きよ》めて浅草寺へゆく。駒形町の往来を北へゆけば、浅草寺の広小路。南へゆけば、浅草の御蔵前《おくらまえ》をすぎて神田川の浅草御門へといたる。

このところ、江戸の町は秋晴れが続いていた。

蕎麦屋の《あやめ》の二階家が、駒形町と浅草材木町《ざいもくちょう》との境の小路を挟んだ、隅田川端の角地《かどち》に見えた。

蕎麦処、と記した腰高障子が開かれた表の黒い戸口を隅田川に向けていた。店の軒に虫よけの縄暖簾《なわのれん》がさがっている。

「あれだ」

七蔵は、隅田川をさかのぼる猪牙《ちょき》から、川端の駒形町を眺めて言った。樫太郎は、表船梁《おもてふなばり》と胴《どう》船梁の間の《さな》に片膝立ちに胡坐《あぐら》をかき、船端の小縁に両肘《ひじ》を載せて駒形町のほうを見つめている。

「あそこの、縄暖簾の二階家ですね」

と、船端から紺色の川面へ手をのべ、指差した。

「あやめの権八は腕っ節が、滅法《めっぽう》強いんでしょう」

「そのようだな。もう十三、四年前に吉原へ出役した折りに、地廻りらを何人か捕えた中にいるのを、ちらと見ただけだ。身体が大きくて、気性の荒そうな男だと思ったのは覚えているが、顔を思い出せない。あのとき権八は、二十歳《はたち》をひとつ二つすぎたばかりだったから、今は三十代の半ばをすぎた年ごろだ。おれもまだ二十代の平同心だった」

「手下は、いるんでしょうね」

「間違いなく、物騒な手下を何人も抱えているだろう」

「おっかなそうですね。ぞくぞくするな」

「樫太郎、恐いかい」

「へい、ちょいと。けど、平気ですぜ。あっしはね、権八がどんなやつか、早く見てえんです」

「そうかい。頼もしいね。おれも一緒だ。権八に妙な因縁《いんねん》を感じるんだ。昔馴染《なじ》みに会う気分だぜ」

町家のあちらこちらに見える木々が、錆《さ》びついた茶色や黄色に染まっていた。

隅田川に冷たい川風が吹き、昼の陽射しが川面に光をちりばめていた。

艫《とも》の船頭が櫓《ろ》を軋《きし》ませ、猪牙は駒形町から材木町の竹町《たけちょう》の渡しをすぎた。竹町の渡しは、浅草材木町から本所《ほんじょ》の竹町へ渡している。

やがて吾妻橋《あづまばし》をくぐった。

今朝の七蔵は、町方の定服を細縞の着流しに角帯《かくおび》を締めた手代ふうに変え、黒足袋に雪駄を履き、菅笠《すげがさ》はかぶらず、半染めを頬かむりに拵えていた。

同じく樫太郎も、紺木綿《もめん》を普段の尻端折《しりはしょ》りではなく、手代見習の若い衆のように着けて、頭には芥子《けし》玉絞《だましぼ》りを置手拭にしていた。

樫太郎の傍らに見える柳行李《やなぎごうり》を風呂敷にくるんだ荷には、七蔵と樫太郎の当面要りようの、身の回りの物を仕舞ってある。

七蔵と樫太郎は、駒形町の蕎麦屋《あやめ》探索の目あてがつくまで、八丁堀の組屋敷からも呉服橋の奉行所からも姿を消し、花川戸の口入屋《広末》の光兵衛の店に使用人として住みこみ、探索の足場にできるよう、話をつけていた。

吾妻橋をくぐると、花川戸の船着き場はすぐである。

花川戸の船着き場では、川越夜船《かわごえよぶね》の平田船《ひらたぶね》が船寄せにつけられ、大勢の軽子《かるこ》が賑やかに荷揚げをしているところだった。

艫の船頭は、櫓を棹《さお》に持ち替え、軽子らで賑わう花川戸の船寄せへ、猪牙をゆっくりと近づけていった。

浅草寺の時の鐘が昼九ツを告げて半刻（一時間）余がたった九ツ半すぎ、七蔵と樫太郎は浅草花川戸町から、大通りを材木町のほうへ横ぎった。

大通りの西は、浅草寺仲見世の雷門《かみなりもん》と東仲町《ひがしなかちよう》の境の繁華《はんか》な広小路で、東は大川橋とも呼ばれる吾妻橋が、秋の雲がたなびく空へ、ゆったりと反《そ》りかえっている。

材木町を二町ほどすぎると、大川端に駒形堂のある駒形町の真ん中に出る。

花川戸町や山之宿町は、駒形町の近所である。

あやめの権八には、谷次郎谷三郎の縄張りの様子がよく見えただろう。

駒形町と材木町の境の小路を、隅田川端へ半町ほどとった角地に、蕎麦処と記した表戸が、大川へ向いて開いていた。

対岸に、本所竹町の町家と土塀に囲われた武家屋敷が見えた。

縄暖簾を分けて、薄暗い店土間に入った。

店土間には、片側に三脚の長腰掛が並び、片側は茣蓙《ござ》を敷いた造りつけの板床になっていた。品書きの値札をさげた壁ぎわから、梯子段《はしごだん》が二階の暗い口をのぞかせる切落とし口にのぼっていた。

土間の奥の調理場を棚が仕きり、棚の間から、湯気ののぼる調理場で立ち働く男の背中と女の姿が見えた。

客は、甘納豆売りの行商がひとり、長腰掛で蕎麦を賑やかにすすり、板床の隅の梯子段の下に着流しの三人がいた。三人は肴《さかな》の小皿をおいて、ちろりの燗酒《かんざけ》を昼間から黙々と酌み交わしていた。

梯子段の下から、三人は尖《と》がった目つきを七蔵と樫太郎へふり向けた。

客か、それとも……

七蔵は、半染めの頬かむりの下から三人を一瞥《いちべつ》した。

調理場から大柄な女がすぐに出てきて、「おいで」と気だるげに言った。

薄茶の格子《こうし》模様の着物に、紺縞の前垂れを着けていた。島田に髪を結い、紅と白粉《おしろい》が濃く妖艶《ようえん》な四十前後と思える年増だった。

「あられを、二つ、頼みやす」

「あいよ。あられ二つ」

女は嗄《しやが》れた太い声を、調理場に投げた。

調理場のねじり鉢巻きの男が、仕きり棚の間から険しい目を寄こし、すぐに湯気の中に顔を埋《うず》めるように背中を向けた。亭主の常五郎に違いなかった。

十数年前、吉原で見たはずの地廻りの権八の面影は、甦《よみがえ》ってこなかった。

年増は常五郎の女房のお夏《なつ》で、気の荒い上州女だと、広末の光兵衛から聞いた。

手下は、秀《ひで》、京次《きょうじ》、瓜助《うりすけ》、の博徒ふうの三人である。昼間から《あやめ》の店土間で酒を呑み、夕方近くなると花川戸や山之宿の賭場に出かけていくのが、毎日の暮らしぶりらしい。

「手下の三人が、博奕《ばくち》打ちのふりをして花川戸と山之宿の賭場に出入りし、谷次郎と谷三郎の様子を探っていやがったんです。全部、権八の指図でやす。けど、谷次郎を殺《や》ったのはやつらじゃねえ。谷次郎が殺られた夜、やつらは賭場にいやがった。権八もむろん、自分じゃあ手を出さねえ。始末人にやらせたんです。泥棒宿の亭主だ。腕のたつ野郎は、いくらでも知っているはずですよ」

と光兵衛は言うが、今のところ証拠はない。梯子段下の三人は向きなおり、また陰鬱《いんうつ》な酒盛りに戻った。

とき折り交わすひそひそ声や気だるい笑い声が、聞こえてくる。

「あいよ」

年増があられ蕎麦の盆を運んできた。

熱いあられ蕎麦をすすっているうちに、甘納豆売りが店を出て、店は梯子段下の三人と、七蔵と樫太郎の五人になった。

年増が三人にぞんざいな声をかけると、三人はずいぶんと下手《したて》に出た言葉つきでかえしていた。

「旦那、あの三人じゃありませんか。秀、京次、瓜助は……」

樫太郎が、蕎麦をすすりながらささやいた。

「ふむ。あの年増が女房のお夏だな」

七蔵は殊さらに威勢よく蕎麦をすすり、小声をかえした。

「女将《おかみ》さん、美味かった。勘定を頼みやす」

蕎麦を食い終えて、七蔵は仕きり棚のほうへ声をかけた。

「そうかい。美味かったかい」

お夏が出てきて、どうでもよさそうに笑った。

「あられは二十文。二人分で四十文だよ」

七蔵が代金を払い、お夏はべったりとしたお歯黒《はぐろ》を光らせた。

「ところで女将さん、あっしは花川戸町で口入屋を営む広末の奉公人で、桑吉《くわきち》と申しやす。こっちはあっしの弟分の三太《さんた》でやす」

「三太でやす。お見知りおきを」

樫太郎が、頭の置手拭の具合をなおしながら言った。

「花川戸の広末?」

お夏は急に真顔《まがお》を見せた。

梯子段下の三人がまたふり向き、調理場の亭主が、棚の間からねじり鉢巻きの顔をのぞかせた。

「昨日、広末でやっかいになることが決まったばかりで、江戸の浅草のような大きな町は、右も左もわからねえ新宿《しんじゅく》の田舎者でやす。親方の光兵衛さんに、浅草の町にどういうお店があるか、てめえの足で歩き廻って頭に叩きこみながら、一軒一軒飛びこみで、お客さんつかむところから始めなきゃならねえと教えられ、じつは、今日が江戸の仕事始めでやす」

お夏が、ふうん、と低くうなった。

「まずは、浅草の隅から隅までうろつき廻るつもりでおりやす。こちらの《あやめ》さんにも、またちょくちょく顔を出させていただきやすので、人手が新たに要るとか、ご近所でも人手を探していらっしゃるとか、そういうお話がございやしたら、あっしらにも一度、お声をかけていただきてえんでございやす。お話がまとまれば、わずかながら謝礼も出させていただきやすし、誠心誠意、お役にたてるよう務めさせていただきやすので、何とぞ、よろしくお願いいたしやす」

「お願いいたしやす」

と、樫太郎が合《あい》の手《て》を入れるように言った。

梯子段の下の三人と、棚の間からのぞく亭主は、七蔵と樫太郎を睨んで目をそらさなかった。

七蔵は、棚の間からのぞく亭主へ愛想笑いを向け、頭をぴょこんと垂れた。

「では、あっしらはこれで」

いきかけると、仕きり棚の間から亭主が太い声で質した。

「桑吉さんというのかい。新宿のどこだい」

さり気なさを装いつつ、七蔵から一瞬たりとも目を離さなかった。

亭主があの権八なら三十代の半ばのはずだが、そうは見えなかった。もっと年上に感じられた。身体つきも、ひと廻り大きくなっていた。

権八はあんな顔つきだったかと、七蔵はまた考えた。

「ご亭主の、常五郎さんでいらっしゃいやすか」

亭主は不審そうな間をおいて、「ああ」とこたえた。

「改めやして、桑吉と申しやす」

「三太でございやす」

七蔵と樫太郎は、へりくだるように腰を折った。

「新宿って言うか、新宿の先の成子坂《なるこざか》でやす。成子坂の安左衛門《やすざえもん》親方の下で、新宿から成子坂、淀橋《よどばし》界隈の口入稼業を手伝わせていただいておりやした」

「成子坂の安左衛門？　名前を聞いた覚えがあるな。ああ、女衒《ぜげん》の安左衛門か。安左衛門さんの下にいたのかい」

「安左衛門親方をご存じでやしたか。じつは、手下のそのまた下の、端くれの三《さん》下《した》でやす。えへへ……」

「それがなんで、花川戸の広末なんだい。広末の光兵衛は、ずいぶんとしみったれだと、ここら辺でも評判だがね」

「仰るとおりでやす。あっしらも、朝晩の飯がいただけるのと寝るとこがあるだけで、給金をいただけるわけじゃありやせん。てめえの足で歩き廻って口入先を見つけてきたら、一軒につきいくらと、手当てが出るんです。口入先を見つけられなきゃあ、ただ働きも同然で。あ、これは光兵衛親方を悪く言うんじゃや、決してありやせんよ。光兵衛親方は、てめえの足で稼ぐ厳しさが身に沁みてこそ、一人前になれるんだと、一人前になりたきゃあ、そこからやってみるしかねえんだと、親心で言ってくださっているんでございやす」

「てめえの足で稼ぐ厳しさかい。口で言うのは簡単だがな。桑吉さん、あんた、いくつだい。まさか二十代じゃあるめえ」

「歳でやすか。恥ずかしながら、とうに四十に届いておりやす」

七蔵が照れ臭そうにこたえると、お夏がお歯黒を光らせにやついた。

「四十でそれを始めるのは、つれえな。よくそんな気になったじゃねえか」

「安左衛門親方の下にいても先は知れておりやすし、何よりも、一度は天下の江戸で、てめえを試してみたかったんです。四十じゃ手遅れだと、笑われそうでやすが。たまたま光兵衛親方と知り合う機会があり、そっちがその気なら広末にきてもいいぜと言われ、安左衛門親方に話しやすと、好きにしなと、素《そ》っ気《け》ねえもんでやした」

七蔵は樫太郎へちょっと目を向けた。

「あっしが江戸に出ると言うと、こいつも一緒にいきてえと言いやしてね。あっしら、石神井《しやくじい》村の百姓でやす。百姓仕事がいやでね、いつの間にか道をそれてこんな様《ざま》でやす。こいつもあっしと似た身のうえで、歳は離れておりやすが、なら二人で力を合わせ、ひと旗あげてやろうじゃねえかと、江戸へ飛びこんできたわけでございやす」

「桑吉さんに、無理やりついてきやした」

樫太郎が言った。

亭主は樫太郎をひと睨みしてから、七蔵へ戻した。

「なんで、うちみてえな小さな蕎麦屋なんだ。もっと大きな店へ、飛びこまねえのかい」

「無理ですよ。広小路やら御蔵前やら、大店や老舗は、前から勤めていらっしゃる方々がしっかり押さえて、あっしら新米が今さら入る余地はありやせん。それより、店は小さくとも地道に営んでいらっしゃる《あやめ》さんのようなお店を廻って、一軒ずつ信用を得てお客さんを増やしていくしかねえんです。《あやめ》さんは店を開いてまだ数年ながら、ご主人の腕が確かで、ずいぶん流行っているとご近所で評判でしたから……」

「近所のどこで聞いたんだい」

「あちこちで聞きやした。いい評判ばかりでやした。ですから、仕事始めの今日は、昼飯代わりに《あやめ》さんの蕎麦をいただいてから、ご挨拶申しあげようと考えておりやした」

主人は、七蔵をなおも探るようにしばらく見つめた。そして、

「そうかい」

と、気が済んだふうに言い捨て、背中を向けた。

お夏が、蕎麦の盆を片づけ始め、梯子段の下の三人も目をそらした。

「失礼いたしやす、女将さん」

「お邪魔いたしやした」

二人が店土間を出かけたとき、縄暖簾を払って男が入ってきた。

男は、中背《ちゅうぜい》の骨張った体軀に盲縞の着流しに角帯をゆるく締め、素足に草履を履いていた。恰好をかまわないのか、前見頃《まえみごろ》が割れて、下に着けた帷子《かたびら》の鼠《ねず》色が薄汚れて見えた。

五十をいくつかすぎたころの、気むずかしそうな職人風体《ふうてい》だった。

扁平《へんぺい》な顔に鼻が低く、黒い小さな穴のような目が離れていて、唇の厚さが妙に目だった。ほくろと疣《いぼ》が多く、鉛《なまり》色の顔色が男の風貌をひどく陰鬱な、醜《みにく》いものにしていた。

すれ違うとき、樫太郎が思わず、あっ、と声をもらしたほどだった。

「伊野《いの》さん、調理場だよ」

七蔵らの後ろでお夏が言った。

男は黙って調理場へ入っていった。調理場から、「きたかい」と、主人の低い声が聞こえたが、男の返事はなかった。

七蔵と樫太郎は表に出て、柳並木の堤道を駒形堂のほうへとった。

四半町ほどいったところで、お夏が縄暖簾をとりこむため、表に出てきた。

二人はお夏へふりかえり、辞儀をしてみせた。

しかし、お夏は、早く帰りな、という素ぶりをぶっきらぼうに投げかえしてきたばかりで、店に入るなり、腰高障子を乱暴に閉めた。

四

翌日は、怪しまれないために《あやめ》には近づかなかった。

広末の使用人を装って、駒形町をとり囲む諏訪町《すわちょう》、黒船町《くろふねちょう》、三間町《さんげんちょう》、八間町《はちけんちょう》、材木町、並木町《なみきちょう》、などの小料理屋や小店ばかりを廻った。

亭主や女将に、口入のご用がありましたら、と売りこみをやり、大抵は「ないない」とか「商売の邪魔だから」と、相手にされず追っ払われた。

七蔵と樫太郎が次に《あやめ》に寄ったのは、翌々日の昼すぎだった。

店土間に客はなく、一昨日いた三人の手下らしき男らもいなかった。

お夏が、ああ、あんたらかい、というふうな気だるげな様子を寄こした。

仕きり棚の奥で、のぼる湯気と亭主の常五郎の背中が見えた。

「女将さん、あやめさんの美味い蕎麦をいただきにきやした」

殊さらに馴れ馴れしく話しかけた。

お夏はお歯黒を光らせ、面倒臭そうに頷いた。仕きり棚の向こうの常五郎がふり向いたので、満面に笑みを浮かべ、またぴょこんと頭を垂れた。

常五郎は頷きもせず、すぐに背中を向けた。

昼飯代わりに頼んだあられ蕎麦の盆を、お夏が運んできた。

七蔵は、わざとらしく困った顔つきを作った。

「昨日今日と、足を棒にして界隈を廻ったんですがね、まったく話になりやせんでした。どこも相手にしてくれねえんです。いやはや、先が思いやられます」

「あたり前さ。そんなもんだよ」

お夏は盆をおくと、板床のあがり端に腰かけ、島田に挿《さ》した笄《こうがい》で髪を無造作にかいた。二階に手下らがいるらしく、黒ずんだ竿縁天井《さおぶちてんじょう》に人の足音が響いた。

七蔵は天井を見あげ、それからお夏と目を合わせた。

「女将さん、なんか、いい話はありませんかね」

蕎麦をすすりながら、神妙な素ぶりを向けた。

「ないね」

お夏が素っ気なく、とかえしたとき、一昨日き合わせた盲縞の男が、再び店土間に入ってきたのだった。

「伊野さん……」

お夏が言って怠《だる》そうに立ちあがり、調理場のほうへ《伊野さん》と呼びかけた男をせかすように顎《あご》をしゃくった。

男は一昨日もそうだったように、何も言わずに調理場へ姿を消した。常五郎の小声が聞こえ、調理場の奥に内証《ないしょう》があるらしく、そこへあがる気配がした。

お夏は、七蔵と樫太郎にかまわず、軒にかけた縄暖簾をおろした。

腰高障子を荒っぽく閉じ、おろした縄暖簾を板床に投げ捨てた。

「急いで、片づけやす」

七蔵は愛想笑いをした。

だが、お夏は、終わりだよ、というぶっきらぼうな素ぶりを隠さなかった。調理場にいき、うつわを片づける音をたてた。

「女将さん、ここに蕎麦代をおきやす」

四十文を盆におき、《あやめ》を出た。

七蔵と樫太郎は、柳並木の堤道を半町ほど先の竹町の渡しのほうへとった。

「なんだい。いやな女だな」

樫太郎が《あやめ》へふりかえり、腹だたしそうに言った。

しかし、七蔵は盲縞の男のことが気にかかっていた。

「あの男、また現れたな」

「あの男？　ああ、伊野さんとか呼んでた、変な顔の」

「一昨日も現れた。気むずかしそうな職人風体だった。亭主と親密な間柄のようだな」

「あんまり恰好をかまわねえ、なんだかうらぶれた様子でやした。老《お》いぼれって感じでやすね」

「老いぼれに見えたかい。しかし、人は見かけによらねえぞ」

「そ、そうなんですか。じゃあ、あいつも仲間なんですか」

「どうかな。そもそも、あやめの亭主が権八と決まったわけじゃねえ。光兵衛は谷次郎殺しがあやめの権八の仕業で、あやめが泥棒宿だと疑っているが、今のところ証拠はねえんだ」

「そうでしたね。けど、広末の光兵衛さんが疑うのも無理はありませんよ。あやめの亭主も女房も手下らも、怪しそうなやつらばかりなんですから。いかにも、泥棒宿の一味って感じじゃないですか」

「確かに怪しいと、おれも思うよ」

七蔵は笑ってこたえた。

「ところで、旦那、どこへいくんですか」

「そこの竹町の河岸場で、ちょいとひと休みだ」

「ひと休み？　船で本所へ渡るんですか」

「河岸場でひと休みして、伊野さんが出てきたら、あとをつける。気にかかるのさ。勝手に気を廻しているだけかもしれねえがな」

「承知しました。そう言やあ、あの男、なんだか気になりますね」

樫太郎が《あやめ》へまたふりかえり、頭の置手拭の具合をなおした。

半刻ほどして《あやめ》から出てきた盲縞の男は、七蔵と樫太郎がのどかに川面を眺めている後ろを通りすぎていった。

吾妻橋の大通りに出て、西方の広小路のほうへと通りをとった。

背中を丸めた寒々とした後ろ姿が、雷門前の広小路の人中を見え隠れしつつ、東本願寺《ひがしほんがんじ》のわき道へ抜け、田原町《たわらまち》の角を北に曲がった。

わき道を三町ほどいき、日輪寺《にちりんじ》門前からまた西へ折れ、新堀《しんぼり》川端の東光院《とうこういん》門前の、饅頭《まんじゆう》屋の小店と楊枝《ようじ》店の間の路地へ入っていくのを認めた。

東光院門前の先の新堀川に、常盤橋《ときわばし》が架かっている。

七蔵と樫太郎は、日輪寺の門前まできていた。

「旦那、あそこが住まいのようですね」

「いってみよう」

饅頭屋の小店と楊枝店に挟まれた路地の先に一棟の長屋が建っている。

路地の入り口に古びた木戸があって、木戸屋根の軒下に、住人の名と生業《なりわい》を記した札がかかっていた。

札は五つ並んでいて、《いの吉　指物師《さしものし》》と記した札が読めた。

「いの吉。指物師の職人か」

木戸の札を見あげていると、樫太郎が「旦那、あれ」と七蔵の袖を引いた。

長屋の奥の腰高障子が引かれ、《あやめ》で出会った盲縞の伊野吉が、桶を提げて路地に現れた。水汲みに出てきたらしい。

その長屋の路地に井戸があって、笊《ざる》に盛った葱《ねぎ》を井戸端で洗っている姉《あね》さんかぶりの女が見えていた。

伊野吉は盲縞を尻端折りにして、痩せた身体つきにしては太い素足を剝《む》き出していた。井戸端の女に言葉をかけ、長い柄《え》の釣瓶《つるべ》で水汲みを始めた。

「どうします」

「ちょっと話をするぐらいなら、怪しまれないだろう」

七蔵と樫太郎は木戸をくぐり、どぶ板に雪駄を鳴らした。

桶に水をそそいだ伊野吉が七蔵と樫太郎に気づき、釣瓶を持ったまま、黒い小さな穴のような目と目が離れた顔をあげた。

「もしかしたら、指物師の伊野吉さんじゃあござんせんか」

七蔵は近づきながら、伊野吉に笑みを向けた。

伊野吉は、ほくろと疣の多い鉛色の扁平な顔をかしげ、分厚さの目だつ唇をわずかに震わせた。誰だ、と呟いたのがわかった。

「やっぱりそうだ。ほら、最前、駒形町の蕎麦屋のあやめでお見かけいたしやしたよ。あっしらが蕎麦を食っていたら、伊野吉さんが見えて、あやめのご主人となんぞ仕事のご用があるみたいでしたね」

伊野吉は、戸惑いを見せた。

「伊野吉さんは、指物師の職人さんだったんですね。どおりで。職人さんふうだなという感じは、お見かけしたときにしていたんですけどね」

「おめえ、誰だ。おら、おめえなんぞ知らねえぜ」

伊野吉は、突っけんどんに言いかえした。

葱を洗っている女が、七蔵と樫太郎を訝《いぶか》しそうに見あげた。

「ごもっとも。あっしらをご存じねえのは、ごもっともでやす。あっしらもあやめさんにいったのは、今日でまだ二度目なんで。あっしは桑吉、こいつは三太と申しやす。じつはあっしら、花川戸町の口入屋の広末に勤めており、まだ新米でやす。親方の光兵衛さんに言われて、浅草のご町内を、口入のご用はございやせんかと、毎日、御用聞に廻っておりやす。あやめさんで昼飯代わりの蕎麦を食ってから、たまたま新堀川のほうへ廻ってきたら、木戸の外から伊野吉さんをお見かけして、お声をかけさせていただきやした」

「おらの名前を、なんで知っている」

「あやめの女将さんが、伊野さんと呼んでいらっしゃったじゃありませんか。こちらの木戸の札に、いの吉、指物師、とあり、ちょうど伊野吉さんをお見かけしたもんですから、指物師の伊野吉さんだと、合点《がてん》がいきやした」

伊野吉はまだ、疑り深そうに七蔵を睨んでいる。

「口入屋が、なんでこんな裏店《うらだな》をうろついている。口入の用なら、表店《おもてだな》だ。裏店をうろついても、稼ぎにならねえぜ」

「そうでもねえんじゃねえかと、思いましてね。さっきも言ったように、あっしらは新米で、江戸に出てきたばかりでやす。表店の目ぼしいところは、新米の入る余地はありやせん。それならいっそ、裏店にお住まいでも、人手がほしい方々が案外にいらっしゃるんじゃねえか、そういう方々のお役にたてれば喜んでいただけるんじゃねえかと考え、一軒一軒、御用聞に廻っておりやす。例えば、伊野吉さんは指物師の仕事に腕のいいお弟子さんを雇えば、今より多くの仕事が請け負えて、稼ぎも増えるじゃありませんか。そのときは、花川戸の広末の桑吉にひと言、お声をかけていただけりゃあ、気が廻って腕もあるお弟子さんの中だちをさせていただきやす」

「冗談じゃねえや」

伊野吉は、鉛色の顔を歪めて呟いた。

そのとき、伊野吉の不機嫌そうな顔つきに、深く暗い憎悪のようなものが感じられ、七蔵は意外に思った。

この男、ただの指物師ではないのか、という疑念が一瞬よぎった。

「伊野吉さん、釣瓶を貸して」

葱を洗っていた女が、手を差し出した。

伊野吉は、釣瓶をにぎったまま立ち話をしていた自分に気づき、「あ、すいやせん」と女に釣瓶をわたした。女が葱を盛った笊に井戸水をそそぎかけ、水きりをして戻りかけたので、七蔵は愛想笑いをして声をかけた。

「おかみさん、人手が要るときがありましたら、広末の桑吉にお声をかけてくだせえ。すぐに飛んでまいりやす」

笊をわきに持った女は、あは、と大らかに笑い、

「うちはいいよ。人手が要るときは猫の手を借りるから」

と、さらりとかえした。

「上手い。さすが、浅草のおかみさんのかえしは、粋《いき》でやすね」

女は笑みを残して店に入り、伊野吉は低くひしゃげた鼻の疣をかきながら、女が店に入るのを見届けた。それから、つまらなそうに言った。

「口入屋なんぞに用はねえ。帰れ」

「そうですか。わかりました。何かありましたら、よろしくお願いいたしやす。三太、いくぜ」

「へい」

七蔵と樫太郎は踵《きびす》をかえし、路地を出た。

伊野吉は二人が見えなくなるまで、井戸端に佇《たたず》んで睨んでいた。

「旦那、まだ睨んでますぜ。やっぱり、怪しいですね。泥棒宿の仲間に違いありませんよ」

樫太郎がひそひそと言った。

「樫太郎、慌てるな。今にわかる」

二人は、東光院門前の堤道から新堀川に架かる常盤橋を渡り、新寺町《しんてらまち》の往来へ出た。新寺町門前の町家をすぎ、上野《うえの》の山下から下谷《したや》広小路の雑踏を南の下谷御《お》成《なり》街道、そして、筋違橋《すじかいばし》北にある神田花房町《かんだはなぶさちょう》の矢兵衛《やへえ》店へ入ったとき、西にだいぶ傾いた陽射しが路地に陽だまりを作っていた。

近所の子供らの遊び声が賑やかに聞こえ、子供らの声に三味線をはじく音色がまじっていた。

軒にさがっている《長唄《ながうた》師匠》の札が、お甲《こう》の店の目印である。

数竿の三味線が、ちんからちんから、と二上り調子の陽気な曲を奏でている。

七蔵と樫太郎は、お甲の店の前まできて、櫺子《れんじ》格子の明かりとりのきわに佇んで、曲がひと句ぎりつくのを待った。

曲のひと句ぎりつき、樫太郎が腰高障子戸ごしに声をかけた。

「お稽古中、相済みません。お甲さんはいらっしゃいますか」

「はあい」

艶《つや》めいた声がかえってきた。

片引きの腰高障子を引くと、狭い土間と板敷があって、その先の四畳半に町娘らしい三人と、三味線師匠のお甲が対座していた。

お甲はすぐに板敷のあがり端にきて、七蔵と樫太郎にお辞儀をした。

「おいでなさい。わざわざのおこし、畏れ入ります」

「ちょいと邪魔をさせてもらうよ」

手代風体に頬かむりの七蔵が言った。

「どうぞ。今、おさらいが終わったところですので。おあがりになって」

お甲は三人の娘に、「続きはこの次に」と言った。

お甲は表向き、三味線と長唄の師匠を生業にしている。

歳は二十八歳。三味線長唄の師匠を始めたのは二十代の半ばをすぎたころで、年増の美人のお師匠さんと評判になり、界隈のお店の道楽息子らが大勢三味線や長唄の稽古にきてずいぶん流行った。

だが、お甲は熱心な師匠ではなかったから、すぐ流行らなくなった。

今は、十五、六の年ごろになれば、柳橋《やなぎばし》の町芸者で稼ぎたい、評判をとりたいと望む数人の町娘らが、三味線長唄の稽古に通ってくるだけである。

柳橋の町芸者は、粋で綺麗どころがそろっていると、江戸では評判が高い。

お甲は、職人肌の掏摸《すり》と知られていた熊三《くまぞう》の娘で、元は女掏摸だった。

二十歳のとき、父親であり師匠でもあった熊三が捕えられ、小伝馬町《こでんまちょう》の牢《ろう》屋敷で病死した。それを機に、お甲は足を洗い、北町奉行所の与力・久米信孝の指図を受ける身になって、久米の指示で七蔵の配下についたのだった。

七蔵の配下として働いたある一件の探索で命を狙われ、そのため、二年ほど上《かみ》方《がた》に身を隠していた。二年半前、上方から江戸へ戻ってきて、以来、お甲は七蔵の手先のひとりになった。

名の知られた熊三の娘ということで、お甲は娘のころから、盛り場の顔役や顔利きに知られており、江戸の裏町の事情に通じている。

「不覚《ふかく》にも、十数年前の権八の顔が思い出せねえが……」

と、七蔵はお甲に続けた。

お甲は目を落とし、七蔵の話を聞いている。三人の前においた茶碗が、かすかな湯気をゆらしていた。

「吉原の地廻りだった権八があやめの亭主の常五郎なら、間違いなく、駒形町のあやめは泥棒宿だ。おそらく、花川戸の貸元の谷次郎殺しも、あやめの権八の差金だろう。口入屋の光兵衛の差口のとおり、あやめの権八は花川戸から金龍山下瓦町までの谷次郎谷三郎の縄張りを狙って、邪魔な谷次郎を消したんだ。だが、光兵衛の差口だけで、駒形町の蕎麦屋のあやめが、上州で名をとどろかせたあやめの権八率いる泥棒宿だと、決めてかかるわけにはいかねえ」

「花川戸の貸元の谷次郎殺しに、そんな後ろがあったんですか。あたしも知りませんでした。ちょっと、訊いてみましょうか」

お甲は顔をあげ、強い眼差しを七蔵へ向けた。

「ふむ。そうしてくれと言いたいところだが、町方が探っていると、ほんの小さな噂でも聞きつけられたら、あやめの権八はたちまち江戸から姿をくらますに違いねえ。駒形町の蕎麦屋の常五郎が上州のあやめの権八だったら、江戸の町方の面目にかけて、おれたちの手で権八を捕えたい。今は用心して、慎重に足場をかためてからだ」

「では旦那、あたしは何を？」

「蕎麦屋のあやめに、伊野吉という指物師が出入りしている。新堀川端の東光院門前の裏店に住んでいて、歳は五十を超えていると思う。いかにも職人らしい風体の男だ。たまたま仕事を頼まれて、あやめに出入りしているだけかもしれねえが、主人の常五郎と妙にひそひそとやっている様子が、どうも怪しくてならねえ。伊野吉という男の素性を探ってくれ。勝手に気を廻しているだけかもしれねえがな」

「指物師の伊野吉ですね。承知しました」

「くれぐれも……」

慎重にな、と七蔵は言いかけ、言うまでもねえか、とお甲と目を合わせて思わず吹き出しそうになった。

五

赤い夕焼けを西の空の果てに残して日が沈んで、七蔵と樫太郎が筋違御門の八《や》辻《つじ》ケ《が》原《はら》から日本橋北へ通じる大通りを、室町のほうへとっていた同じ夕刻の六ツ前、伊野吉は新堀川に架かる常盤橋を渡った。

伊野吉は、盲縞を身綺麗な鈍茶《にびちゃ》の袷《あわせ》にめかしこんで、龍《りゅう》光《こう》寺《じ》門前の《堂前《どうまえ》》へ向かっていた。

常盤橋から堂前まで、さしたる道程ではない。

龍光寺門前の《堂前》は局《つぼね》見世だが、家の造りは小綺麗で、女郎《じょろう》の器量もいいと、評判の岡《おか》場所《ばしょ》だった。

龍光寺門前の往来から門前町の小路へ折れた奥の角に見張小屋があって、そこから小路を挟み、二棟、三棟と二階家の長屋が並んでいる。

客引きはせず、切りは二百文、泊まりは二朱。夜の四ツを限りに、小路の木戸を閉じた。龍光寺門前の往来を東へとれば、新堀川の河岸場に出る。

伊野吉は路地のどぶ板を踏んで、軒に《志乃田《しのだ》》という行灯《あんどん》をかけた見世の弁《べん》柄《がら》格子をのぞいた。

格子の中は三畳ほどの張《はり》見世になっていて、派手な着物の三人の女郎を、一灯の行灯の明かりが照らしている。

女郎のひとりが、厚く紅を塗った唇に煙管《キセル》を咥《くわ》えていた。

張見世にお三津《みつ》を見つけた。別の女郎が先に伊野吉に気づき、お三津の袖を、あいつだよ、というふうに引いた。煙管を咥えている女郎が、伊野吉をからかうように煙を吹いた。

伊野吉は格子を太く骨張った指でにぎり、むっつりとお三津を睨んだ。

本当は笑いかけたいが、照れ臭くてそんなことはできなかった。むしろ、鉛色の顔をいっそう不機嫌そうに歪めた。

それでもお三津がさり気なく頷いてくれたので、内心では安堵《あんど》を覚えた。

表戸の片引きの腰高障子が開いていて、伊野吉は前土間に入った。

寄付きに顔見知りの遣手《やりて》のお沢《さわ》が現れ、「親方、おあがりなせ」と、伊野吉にお歯黒を見せた。

寄付きの奥の壁ぎわから、人ひとりが通れるぐらいの手摺《てすり》のない階段が二階へあがっていて、二階は畳二枚の部屋が二つと三畳の部屋ひとつが、狭い廊下を挟んで並んでいる。

今日は夜見世の客は伊野吉が最初らしく、二階は静かだった。

遣手のお沢は伊野吉に何も訊かず、心得たふうに「お三津、お客さん」と、張見世に声をかけた。

それから、二階の二畳の部屋へ伊野吉を案内した。

部屋には面格子の窓があって、窓から龍光寺の境内が見おろせた。龍光寺の境内は、日が落ちた灰色の風景に溶け、今にも消え入りそうだった。伊野吉は、お沢に心づけをにぎらせ、

「今日は泊まりだ。酒を頼む。それから、割床《わりどこ》も廻しもなしだぜ」

と目を伏せて、小声で言った。

お沢は行灯を灯し、「わかってるよ」と胸に手をあて、階下へおりた。

《志乃田》に女は四人いる。

客が四人以上きたときは、三畳の部屋を枕屏風《まくらびようぶ》で隔《へだ》て、割床で使う。割床は、枕屏風ごしに隣の声が耳元でささやきかけるように聞こえるし、馴染みの客が鉢合わせたときは、かけ持ちの廻しをやらなければならない。

伊野吉はお三津とのときを邪魔されたくなかったから、それはいやだった。そ

うなったら、泊まりはやめて帰るつもりだった。

お沢が階下におりて、すぐに客がひとりあがってきて、別の部屋に入った。女郎と客のひそかな笑い声が、もつれ合っていた。

ほどなく、お三津が狭い階段を軋ませ、煙草盆と肴の小鉢と徳利《とっくり》と杯を並べた盆を提げて、部屋に入ってきた。

小鉢は、椎茸《しいたけ》のうま煮と古《ふる》なすの漬物に決まっている。

二畳部屋の半分を重ねた布団が占め、ゆっくりと酒を呑む場所もなかったが、伊野吉は、狭くてもお三津と差し向かいになるのはいい気分だった。

美味い物を食いにきたわけではなかったから、肴はなんでもよかった。

差し向かいになっただけで、お三津と所帯を持ったような気がした。

お三津は伊野吉の前に盆をおくと、肩をすぼめ、目をわきへ遊ばせて言った。

「お客さん、先におつとめをいただかせて」

「ああ。泊まりは、二朱だったな」

懐からつばくろ口を出し、お三津の白い手に二朱銀貨をにぎらせた。二朱で泊まりの豪遊は、初めてだった。

「泊まりでいいの。明日の仕事は大丈夫なの」

「いいんだ。今日は、おめえと、ゆっくりしてえんだ」

伊野吉は、恥ずかしそうにこたえた。

「そうなんですか」

お三津は二朱銀貨をにぎり締め、ちょっと戸惑いを覚えた。

伊野吉の杯に酌をし、「呑んでて」と階下へおりた。

「珍しいね。じいさん、泊まりは初めてじゃないか」

内証で主人の里景《りけい》に二朱銀貨をわたすと、里景はにやにやして言った。

お三津は二階に戻り、伊野吉と差し向かいになった。

「お客さん、どうぞ」

と、徳利を傾けた。

「おら、伊野吉だ……」

伊野吉が小声で言った。

名前は伊野吉で、指物師の職人とは聞いている。だが、「伊野吉さん」とは呼べなかった。

伊野吉は酒が強くなかった。杯に二、三杯の酒で鉛色の顔が赤らみ、赤黒い土瓶のようにむくんで、いっそう醜く年寄り臭く見えた。

お客さんを陰でじいさんだなんて、と思うけれど、みんなそう言う。

別の部屋で女の嬌声《きょうせい》と男の吐息が聞こえ、二階の床が細かく震えていた。酒が冷えてまだ残っていたが、

「床を、とりますか？」

と訊いた。

「いや、まだいい。酒を替えてくれ」

伊野吉が言ったので、お三津はちょっと意外に思った。

いつもは、酒など呑まず、それが済むと黙って帰っていった。顔にも素ぶりにも、本音や本心をのぞかせなかった。

お三津が指物師の仕事のことや、暮らしぶりのことなどを訊いても、「ああ」とか「さあ」とか「いや」とか、せいぜい、「知らねえ」「わからねえ」と言うぐらいだった。話がはずんだことはなかった。

この人はこれで楽しいのだろうか、何を支えに生きているのだろうかと、お三津は自分の不幸と重ね合わせて考えることがあった。だが、これまで味わった不幸の数をいくら数えても仕方がないから、すぐに止《や》めたけれど。

「いいんですか」

「いい。熱めの燗にしてくれ」

主人の里景の言ったとおり、珍しいことだった。

お三津は熱めの燗徳利に替えて、二階に戻った。伊野吉に酌をし、伊野吉は何も話さず、酒を呑み続けていた。夜の五ツ（午後八時）を少し廻ったころだった。新しい客があがり、さっきまで騒がしかった前の客が帰っていった。

「またね」

「あら、やすべえさん、お見限りだったじゃない」

などと、女たちの甘ったるい声と足音が聞こえる。

すると、伊野吉が手にした杯を睨んで、お三津に訊いた。

「おめえ、国はどこだ」

「あら、あたしの国？　どうしてですか」

「親はいるのか」

「いますよ、そりゃあ、誰だって。国はね、葛西《かさい》の金町《かなまち》という村です。貧しい小百姓の娘ですよ。もう二十年近く前になります。年季奉公で江戸へ出てきたんです」

「国に帰らねえのか」

「帰れませんよ。こんなあたしが帰ったら、お父《と》んとお母《か》んに肩身の狭い思いをさせて、迷惑なだけですから」

「そんなことがあるもんか。自分のじつの娘だろう」

「あたしのことより、お客さんのお国は、どちらなんです」

「伊野吉がおらの名前だ。おら、江戸しか知らねえ。おらには、父《とと》も母《かか》もいねえ。あのな、お三津……」

「あい？」

伊野吉の赤黒い顔が、お三津を睨んでいた。

「もうすぐ、まとまった金が手に入る。金が手に入ったら、おめえを身請けしてやる。おらの嫁っ子になって、所帯を持ってくれ。ずっと前から、おめえにそれを言いたかった。おら、おめえに惚《ほ》れた。おら、これまで誰にも惚れたことなんぞなかった。誰にも相手にされねえことは、わかっていたしよ。けど、おめえは別だ。こんな気持ちになったのは、初めてだ」

お三津はすぼめた肩の間に首を埋め、眉をひそめて伊野吉を見かえした。

両掌に持った徳利を、膝の上から動かせなかった。

「江戸を出て、おめえの郷里の金町村に戻って暮らすんだ。おらは、指物師の職人だ。誰にも負けねえ腕がある。金町村にだって、指物師の仕事ぐらいはあるに違いねえ。所帯を持っても、おめえに不自由はさせねえ。金町村に戻れば、親孝行だってできるじゃねえか。おめえの父《とと》も母《かか》も、きっと喜ぶに違いねえ。おらと所帯を持って、金町村に戻っておらと、その、なんだ、あの……」

伊野吉は、自分の思いを伝えようとして、言葉を探していた。

なんて不器用な人だろう、とお三津は思った。本当のことしか言えないから、言葉が見つからないのだ。

ふと、伊野吉のいつもと違う身綺麗な装いに気づいた。

お三津は、伊野吉を見ていられなくて目を伏せた。

「身請けするったって、あたしみたいな女郎でも、一両や二両じゃ、済まないんです。それに、国に戻っても、よそ者と元女郎の夫婦《めおと》なんて、誰も相手になんかしてくれるはずがないんです。無理ですよ。上手くいきっこないんです」

お三津は、自分に言い聞かせた。

「お三津、だ、誰かほかに、言い交わした馴染みの客がいるのか」

「そんな人、いるわけありませんよ」

「なら、心配は要らねえ。おらの手に入るまとまった金は、おめえを身請けしても十分に余るくらいの金子《きんす》だ。盗んだんじゃねえぜ。おらが、自分の腕で稼いだ金だ。金町村が駄目なら、江戸川を渡ってもっともっと遠い他国へいって、二人で暮らしゃあ、いいじゃねえか。おめえのこともおらのことも、誰も知らねえ他国だ。知らぬ他国に鬼はいねえと、言うじゃねえか。いいな、お三津。何があっても、おら、おめえを守ってやる。おらを信じて、ついてきてくれ」

お三津は、どうこたえればいいのかわからなかった。冗談を言える人じゃないのはわかっている。

けれど……

と、胸のうちで呟いた。

老いた伊野吉が哀《あわ》れだった。可哀想で、涙がこぼれそうになった。

お三津は路地に出て、明け方のまだ暗いうちに帰っていく伊野吉を見送った。伊野吉の丸めた背中が、路地の暗がりの中にまぎれ、どぶ板に鳴る草履の音ばかりが、いつまでも聞こえた。

「お三津、じいさんは帰ったかい」

縞の半纏を着た主人の里景が、寄付きに出てきて、表戸にいつまでも佇んでいるお三津に声をかけてきた。

身体の芯によくわからない熱いものが残っていて、お三津は夜明けの寒さを苦痛に感じなかった。前土間に入って表戸を閉めた。両肩を抱くように、胸の前で腕を組み合わせた。

二階へあがろうとすると、里景が薄笑いを浮かべて言った。

「笑わせるじゃねえか。じいさんが帰りぎわに、お三津の身請け金はいくらだと、訊《たず》ねてきたからさ。二十両って吹っかけてやったら、目を丸くしてた」

「やめてください、旦那さん。あたしの借金は、十両もありませんよ」

思わず、むきになって言いかえした。

「わかってるよ。冗談さ。あのじいさん、本気でお三津を身請けしたいと思っているのかね。職人は世間知らずが多いからな。大した稼ぎもねえのに、てめえひとりが一人前だと思っているんだ。ああいう年寄りはつらいね。歳も歳だし、あの面《つら》も面だしさ」

お三津は聞いていられなくて、寄付きの階段を駆けあがった。

布団が乱れたままの部屋に入った。

油代をとられるので、行灯はつけなかった。

面格子のそばに坐って、夜明け前のまだ暗い外を眺めた。格子の間から、龍光寺の境内が、ぼんやりと見分けられた。

お三津は、物憂い不安と儚《はかな》い希望に責められ、胸苦しさを覚えた。

少し血の気の薄い顔に、淡い朱が差していた。

器量は悪くはなかった。だが、とりたてて目につく容姿ではなかった。色白でもなかった。鼻は丸く、唇が少し不恰好に厚かった。

だが、よく見ると愛嬌のある顔だちだった。気だてもよかった。

二十歳をすぎて、最初に身を売った岡場所は深川の山本町《やまもとちょう》にあった。寛政《かんせい》の御改革で岡場所がとり締まりを受け、柳橋、上野と移り、この浅草の堂前に流れてきて、もう五年がたっていた。

十四歳のとき、葛西の金町村から江戸に出て、表店の年季奉公を始めた。

金町村の小百姓の生まれで、何代か前から耕してきた田んぼの半分を村の醤油問屋に売り、残りの半分を、お三津が十年年季の奉公に出ることで、売らずに済んだのだった。

百姓を継いだ兄は、田んぼの半分は高持の百姓で、残りの半分の田んぼでは水呑百姓の貧しい暮らしだった。

ずっと以前、その兄が嫁をもらうことになったと聞いた。けれど、すでに岡場所暮らしだったお三津が、郷里に戻ることはかなわなかった。

十年年季の奉公に出た娘のころは、年季が明けたら郷里へ戻り、村の男と所帯を持って、子ができて、とそうなるものだと思いこんでいた。

いろいろあってそうはならず、いろいろあってお三津は女郎になった。

そうしてお三津は、三十二歳になっていた。

今さら女郎になったことを、悔んだりはしないけれど。

「お三津、起きてるかい」

部屋の外で、遣手のお沢の声がかかった。

「あい」

お三津は面格子から、襖《ふすま》をたてた廊下のほうへふりかえった。

「入るよ」

襖が引かれ、部屋に入ってきたお沢の影が、暗がりにぼんやりと見えた。お沢は乱れた布団の上に坐った。お三津は顔だけをお沢へ向け、

「どうしたんですか」

と訊いた。

「どうもしないけどさ、何かあったのかい。旦那が、見てこいって言うからさ」

お三津は面格子の外へ顔を戻した。

まだ暗い空を、鳥が鳴き渡っていった。

言おうか、よそうか、お三津は少し考えた。だが、高《たか》が女郎の身のうえの事情だものと、すぐに思った。

伊野吉の身請け話をすると、お沢はさばさばした口調で言った。

「そうかい。よかったじゃないか。いつまでも女郎を続けられるわけじゃないからね。いい機会じゃないか」

お三津はこたえなかった。黙って、面格子の外を眺めていた。

「あんたみたいに気だてのいい女には、いつか、身請け話を持ってくる男が現れると、思っていたよ。めでたいね」

お沢は小さく、気だるげに笑った。

「ただ、亭主にするにはちょいとじいさんだけどね。夫婦になったのはいいが、伊野吉さんはすぐによぼよぼのじいさんになってさ。年寄りの世話をするためだけに、所帯を持ったようになっちまうかもしれないね。けど、人は見かけじゃないよ。情だよ。心根だよ。じいさんの世話をして、じいさんを見送って、それからあんたもばあさんになって、お迎えがくるまでのんびり暮らすのさ。こんな江戸のごみ溜《ため》みたいなところで、たったひとりで、誰にも気づかれずにくたばるよりはずっとましなんじゃないのかい。あっしは、覚悟してるけどね」

お三津は暗がりの中で、お沢の小さな微笑みが、ちゃんとわかった。

「うん……」

お沢の微笑みに、お三津は小さく頷きかえした。

六

隅田川をわたる晩秋の川風が、駒形町の川端の柳並木をゆらし、蕎麦屋の《あやめ》の腰高障子を冷たく叩いていた。

店土間の棚に仕きられた調理場の奥に、三畳間の内証があり、内証には、九月の節句から使っている長火鉢に雑炭がくべられ、金輪にかけた黒い鉄瓶の湯を沸かしていた。

伊野吉は、神棚のある壁を背にしたあやめの権八と、内証のその長火鉢を挟んで向き合っていた。女房のお夏は権八の傍らにいて、長火鉢の縁台に肘を載せ、だらしなく寄りかかる恰好で、さっきから島田に挿した笄で頭をかいていた。

秀と京次と瓜助の三人は、店土間の板床に胡坐をかき、顔を寄せ合って、怪しげなひそひそ話を続けていた。

「で何かい。おめえ、次の仕事を最後にしてえって、言うのかい」

権八が長火鉢ごしに伊野吉を見据え、太い声を投げた。

傍らのお夏は厚く紅を塗った唇を歪め、笄をしきりに動かしている。

「冗談じゃねえぜ、伊野吉。まだまだやれるじゃねえか。老けこんで隠居をする歳でもねえだろう」

「親方、老けこんで隠居をしてえんじゃあ、ありやせん。親方に声をかけてもらって、よくやってこられたと、自分でも思いやす。危ねえ仕事に怖気《おじけ》づいているんでもありやせん。命が惜しいなんて、これっぽっちも思ったことはなかったし、これからだってそうですぜ。仰るとおり、あっしはまだまだやれます。ただね、七年前からこの浅草に住み始めて、そろそろ終わりにしてもいいかなって、気分だったんです。親方、早い話が、気が乗らなくなっているんですよ」

「ふん、がきみてえなことを言いやがって。おめえみてえな玄人《くろうと》が、そんな弱音を吐くとは意外だな。けど、伊野吉、はっきり言うとだ。この仕事に終わりなんてねえんだ。一旦、この道に踏みこんだら、誰も抜けることはできねえんだ。だからおれは、おめえに声をかけた。また請けねえかとな。おめえが本業に戻る決心をして、やっぱりそうでなきゃあな、と思ったんだ。それがおめえ、一度だけ始末を請け負って、請負代金を手にしたら、それを最後に足を洗うなんぞと、てめえの都合のいいことは許されねえんだよ。おめえほどの腕の持ち主なら、それぐれえの道理はわかるだろう」

するとと伊野吉は、腹だたしさを堪えるように、くぐもった声をもらした。

「親方、そんな道理なんぞ、あっしは聞いたことはありやせんぜ。むずかしいことを言われても、あっしにはよくわかりやせん」

お夏が伊野吉を睨み、弁の手を止めた。

「てめえ、おれらの言うことに不満でもあるのかい」

権八が怒鳴った。板床の三人が、内証の剣呑《けんのん》な気配に気づいてふり向いた。しかし、伊野吉はかまわず言った。

「権八さん、あんたいくつですか。三十五、六ですかい。あっしはね、五十一歳です。じじいとか、老いぼれとか、言われていますよ。初めてこの仕事をやったのは、二十歳のときでした。相手は、新宿の地廻りでした。そいつがね、堅気《かたぎ》を相手に強請《ゆす》りたかりをくりかえしていやがった。堅気のほうにもお上に訴えられねえ古い事情があったらしく、始末を頼んだんです。あっしは、地廻りの始末を請けたあっしの師匠に言われ、その地廻りを片づけてやりました。最初の仕事だったが、ちゃんとやってのけましたぜ。権八さん、あっしは、頼まれた仕事はちゃんと始末をつけやす。それだけじゃあ、足りねえんですかい。あっしは、あんたよりこの世界に長くいるんですぜ。これ以上あっしに、何をしろと言うつもりなんですかい」

「だから言っててんじゃねえか」

「権八さん、あっしはね、技を仕こんでくれた師匠に、耳にたこができるほど言われました。この道には、抜けるも抜けねえも、ねえ。この道には、請けた仕事を果たすか果たさねえか、それしかねえ。請けた仕事で命を失っても、誰のせいでもねえ。それがてめえの定めだったかと、諦めるしかねえってね。それから、たとえ何があっても、てめえのこと以外は、いっさい他人に言いっこなし。それがこの道の、たったひとつの道理なんだってね」

権八は眉をひそめ、黙って伊野吉をみつめていた。

お夏がまた、やおら、笄を動かし始めた。

「足を洗うどころか、あっしの知ってるやつの中には、お上の手先に納まっている野郎だっていますぜ。その野郎が、闇から闇へと始末した数はひとりや二人じゃねえ。けど、あっしはそれを、何があってもお上にばらしたりはしねえ。そいつもあっしを、お上に売ったりは決してしねえ。それから、あっしらは堅気には決して手を出さねえ。それがこの道の道理、いや、仁義ですからね」

伊野吉のほくろや疣だらけの鉛色の顔が、不気味な置物の像のように向けられ、権八は嘲笑うように顔を歪めた。

「権八さん、あっしがあんたを親方と呼ぶのは、あんたの手下だからじゃねえんです。あんたがあっしに注文をくれた、お客さんだからですよ。親方、初めの約束を守ってくだせえよ」

「約束守れだと？　お、おれがいつ約束を破った」

「兄きの始末に二十両。それがこの仕事の注文だった。あっしは、兄弟の縄張りなんぞ、どうでもいいんです。ただ、親方の注文どおり、きっちり仕事をやってのけた。そしたら、親方はまだ仕事の半分が残っている、谷三郎の始末をつけねえと金は払わねえと言い出した。親方、いつそんな話をなすったんで。あっしはね、こんな老いぼれに仕事をくれた親方に感謝しているんですぜ。ありがてえと、思っているんですぜ。あやめの権八さんほどの親分が、あっしみてえな老いぼれをからかうのは、やめてくだせえ」

「てめえ、おれの言うことが聞けねえってのかい」

権八が長火鉢の縁台に、拳を叩きつけた。板床の三人が、調理場へ踏みこんできた。伊野吉は三人を軽くひと睨みしたばかりで、権八へ向きなおった。

「落ち着いてくだせえ。親方がそう仰るんなら、仕方ありやせん。話は違っていたけれど、最後の仕事に、弟の始末を請け負います。ただし、弟の始末料は三十両。兄弟、〆て五十両、耳をそろえて支払っていただきやす。あっしはそれを手にして、足を洗いやす。それ以上に寄こせなんて、言いはしません。もしも、それが不服なら、あっしは兄きの始末料の二十両を手にしてすぐに姿を消しやす。二度と、ここへは顔を出しやせん。親方が兄弟の縄張りを手に入れようが入れまいが、あっしにはかかわりのねえことなんで。親方、お願《ねげ》えします。このとおりでやす」

伊野吉は萎《しお》れたように、頭を垂れた。

隅田川の川風が川端の柳並木をゆらし、蕎麦屋《あやめ》の腰高障子を、なおも冷たく叩いていた。

調理場の奥の内証では、あやめの権八と女房のお夏、手下の秀と京次と瓜助が長火鉢を囲んでいた。権八は苛《いら》だたしげに煙管を繰りかえし吹かし、雁首を縁台に叩きつけて、吸殻を灰の中へ落としていた。

お夏は長火鉢に寄りかかり、笄で頭をかいている。

三人の手下は、肩をすぼめて権八の指図を待っていた。

「くそが。気に食わねえ」

権八は唇を歪め、うめいた。

「まったく、聞き分けの悪いじじいだね。じじいの顔が、気色悪いったらありゃしない」

お夏がぼやいた。

「足を洗うだと？　耄碌《もうろく》しやがって。このまま、そうかいと言うわけにはいかねえぜ。可哀想だが、ちいと思い知らせてやらなきゃあな」

手下らは、そろって頷いた。

「親分、伊野吉のじじいには、新堀川の堂前に馴染みの女郎がいるそうですぜ」

ふと、秀が言った。

「伊野吉のじじいに馴染みの女郎がいて、それがどうかしたかい」

「別に、どうもしやせんが。ただ、伊野吉のじじいは、その女郎を落籍《ひか》せて、所帯を持つつもりらしいですぜ。気色の悪いじじいが、勝手にしやがれって思っていただけですけどね」

「所帯だと？」

権八がそそられて訊きかえした。

「馴染みって、どんな女だい」

お夏が、笄の手を止めた。

「ええっと、どこだっけな。そうだ、志乃田だ。堂前の志乃田という局見世の、お三津とかいう女郎でやす。三十すぎの、ばばあの女郎でやす」

「三十すぎが、ばばあかい」

お夏が秀を横目に睨んだ。

「いや、まあ、年増の女郎ってことでやす。大して器量のよくねえ、どうってことのねえ女郎だと、聞きやした」

「耄碌じじいにばばあの女郎が、所帯を持つのかい」

「へえ。伊野吉のじじいは、所帯を持つので、これを機に足を洗いてえってことでやすかね」

「馬鹿たれが。所帯を持つので金が要るってかい。ふざけやがって。誰のお陰で銭っこを稼げたと思っていやがる。よし、わかった。秀、おめえ、堂前へいってそのお三津とかいう女郎に言い聞かせてやれ。じじいの言うことを真に受けるんじゃねえとな。伊野吉のじじいが、愛想をつかしたくなるくらいの器量にしてやるのも手だな」

「じじいのほうは、いいんですかい」

「じじいのほうは、おれが言い聞かせてやる。耄碌じじいに五十両は宝の持ち腐れだ。おれが預かっといてやるしかねえだろう。だから、女は諦めろってな。聞き分けのねえことをほざきやがったら、仕方がねえ。わかるまで説教してやるしかあるめえ。むろん、手加減はしてやる。息の根までは止めねえぜ。伊野吉のじじいは、まだ使えるからな」

権八が声をたてて笑った。

「親分に説教されたら、じじいも言うことを聞くしかありやせんね」

手下らは媚びるような忍び笑いをもらし、権八に調子を合わせた。

七

金龍山下瓦町から、山谷堀《さんやぼり》に架かる今戸橋を渡った浅草今戸町の町家に、山之宿町の貸元・谷三郎がひいきにしている芸者がいた。

今戸橋北の山谷堀と隅田川端は俗に《堀》と呼ばれ、そのあたりの芸者は《堀の芸者》と、界隈では知られていた。

谷三郎は兄の谷次郎殺害の一件があってから、花川戸町、山之宿町、金龍山下瓦町と、今戸橋までの縄張りの賭場を見廻るときは、手下を大勢連れて用心をしているが、馴染みの堀の芸者と懇《ねんご》ろのときをすごす場合は、連れてゆく手下は二人か、せいぜい三人だった。

元々、兄の谷次郎に比べて気性の激しい谷三郎は、自分の命も狙われているかもしれない状況に却ってかきたてられ、いつでもきやがれ、相手になってやるぜ、という思いが強かった。

伊野吉とあやめの権八の遣りとりのあった午後から、丸二日がすぎ、三日目の夜だった。

その夜、谷三郎は今戸町の料理茶屋に馴染みの芸者を夕刻からあげ、夜更《よふ》けの四ツ（午後十時）近くまですごした。それから、手下の三人とともに料理茶屋を出て、四ツを四半刻（三十分）近く廻ったころ、今戸橋を金龍山下瓦町へ渡った。

手下は、提灯《ちょうちん》を提げたひとりが前をゆき、ひとりが谷三郎に並び、ひとりが後ろについていた。今戸橋に北から冷たい風が吹きつけ、夜道はもう冬と変わらぬほど冷えこんでいた。

今戸橋を渡ったとき、前をゆく提灯を提げた手下と谷三郎の間が、少し開いた。谷三郎は、馴染みの芸者とすごしてだいぶ酔っており、くつろいだ歩みになっていたし、手下らのほうも馴れて、少々油断があった。

今戸橋を渡ったところで、橋の袂《たもと》に汚らしい物乞いが、酒に酔ってうろついていた。提灯を提げた手下が、

「あっちへいけ」

と、よろける物乞いの肩を突きのけ、通りすぎた。

突きのけられた物乞いは、よろけて橋の手摺へ寄りかかり、しかし、手摺から跳ねかえされるように、今度は後ろの谷三郎へしなだれかかった。

谷三郎の傍らの手下が舌打ちして、物乞いを小突き、物乞いは、「あは、済ま

ねえ、済まねえ……」と酔っ払って呂律《ろれつ》の廻らぬ口調で詫びつつ、山谷堀の暗い堤道の彼方に千鳥足で消え去った。

「親分、でえ丈夫ですか」

手下は谷三郎の羽織の汚れを払いながら訊いた。

「でえ丈夫だ。汚《きたね》え乞食が」

と、谷三郎は肩の汚れを払ったが、まだ肩に汚れがついていた。

「親分、ちょいと汚れてますぜ」

手下が谷三郎の肩の汚れを払った途端、「あ、血だ」と言った。

うん？　と首をかしげた谷三郎の羽織に、黒い雫《しずく》が次々としたたった。

首筋をぬぐった谷三郎の手を濡らした血が、提灯の明かりに照らされた。

「親分っ」

手下が叫んだ瞬間、谷三郎の首筋から血飛沫《ちしぶき》が音をたてて噴いた。

傍らの手下は血飛沫を浴びながら、谷三郎が声もなく、つぶれるように両膝を折ってくずれ落ちてゆくのを、呆然《ぼうぜん》と眺めていた。

伊野吉は、翌日の一日中、東光院門前の裏店から出なかった。

堂前へいって、お三津と会いたかった。

だが、谷三郎の血の臭《にお》いが消えるまでは、と我慢した。

次の日の昼、風の中を新堀川の常盤橋を渡り、堂前へ向かった。

風が川面に、さざ波をたてていた。伊野吉の胸は、少しはずんでいた。この歳になってこんな気持ちになるとは、思いもしなかった。

今日、主人の里景に話をつけるつもりだった。

龍光寺門前の往来の木戸をくぐり、見張り番の小屋のある前を通りすぎた。龍光寺の土塀側の二棟並んだ長屋の路地を、《志乃田》へとった。昼見世の客の姿が、路地の先に、ちらほらと見えた。

客引きの声がないので、路地は静かだった。

長屋の屋根の上の曇り空に、風がうなっていた。

軒行灯をかけた《志乃田》の、弁柄格子の張見世をのぞいた。派手な着物を着た女が三人いて、見覚えのある二人のほかに新しい女がいた。

お三津の姿がなかった。

見覚えのある二人が格子ごしに伊野吉を認め、訝しそうに見つめた。

いつも、伊野吉をからかうように煙管の煙を吹きかける女が、今日は伊野吉から目をそらした。

張見世にお三津がいないのは、わかる気がした。

あっしが身請けの話をしたから、お三津はもう張見世には出ねえのだろう、と伊野吉は勝手に推量した。

ただ、昼見世は始まっているのに、片引きの腰高障子を開けた見世の中が、妙に静かに感じられた。いつもなら、前土間に入ると、遣手のお沢が何も言わずともすかさず寄付きに出てくるのだが、今日は出てこなかった。

前土間に、ぽつねんと佇んだ。こういうとき、何を言うのか、伊野吉にはわからなかった。

すると、「おあがりなせ」と、遣手のお沢が寄付きに姿を見せた。お沢は前土間に伊野吉を見つけた途端、

「あっ、伊野吉さん、きたんだね」

と、動かなくなった。

「お三津は、上かい」

伊野吉は、人前で好きな女の名を口にするのが少し恥ずかしかった。

しかし、お沢は動かず、「あんた、あんた……」と繰りかえし、見る見る目を

赤く潤ませ、あふれた涙がお沢の頬を伝った。

そこへ、主人の里景が顔を出した。前土間の伊野吉を見て、「あれ？」となぜか里景もとぼけた声を出した。

伊野吉は、まずはお三津に会ってから、という腹づもりだったのが、主人の里景と顔を合わせて、つい、先走って言ってしまった。

「今日は、お三津の身請けの話をつけにきたぜ」

そう言ってから、恥ずかしくて顔が歪んだ。

「伊野吉さん、遅かったよ。お三津はね、もうね、いないんだよ。三途《さんず》の川を渡ってね、いっちゃったんだよ」

泣きながら、お沢が言った。

「ああ？」

伊野吉は声を出し、首をかしげた。お沢の言ったことが、わからなかった。ただ、お三津が今、どこかへ出かけていることは、理解できた。珍しいことだが、いないなら、仕方がなかった。戻ってくるまで、待つしかなかった。

お三津はいつ戻ってくるんだ、と伊野吉は思った。

四半刻がたった。

伊野吉は内証に通され、風呂敷に包《くる》んだお三津の骨壺が、伊野吉の膝の前におかれていた。

主人の里景は、鉄火鉢の縁に両肘をつき、火箸で炭火をいじり、片手を額《ひたい》にあてていた。とき折り、火鉢から小さな火の粉《こ》が舞いあがった。

お沢は、骨壺を挟んで腰を落として坐りこみ、伊野吉と向き合った。伊野吉の背中は、今にも畳に俯せになりそうなほど丸くなっていた。

一昨日の夜だった。その男があがり、

「お三津という女がいるだろう。呼べ」

と言った。不機嫌そうな顔つきの、若い男だった。お沢はなぜか気になって、お三津に言った。

「気むずかしそうな男だから、気をつけな」

「伊野吉さんほど気むずかしい人は、そうはいませんから」

お三津はのどかに笑い、二階へあがっていった。

ところがしばらくして、客を送って階下へおりてきた隣の部屋の女郎が、しかめ面になってお沢に耳打ちした。

「なんだか、隣がどたばたして、うめき声やら泣き声やら、気色の悪い物音が聞こえてきたよ。確かめたほうがいいんじゃないかい」

お沢は主人の里景に告げ、二人で二階へあがった。

「お客さん、そろそろ一切りですぜ。きりあげていただきやす」

里景が襖ごしに言うと、男が冷然と出てきた。畳二枚の部屋は暗く、横たわった お三津のむき出した両脚が投げ出されていた。

「お客さん、うちの女に何をしたんですか」

里景が部屋をのぞこうとすると、男は里景を突き飛ばして冷たく睨みつけた。

「なんだと？　てめえ」

と、後ろ手で襖を閉じて威嚇した。里景とお沢をたじろがせ、足早に階段をおりていった。

里景とお沢は襖を開け、暗い部屋をのぞいた。

「お三津……」

呼んだが、横たわったお三津の返事はなかった。

行灯をつけ、お沢は悲鳴をあげた。里景は男を追いかけた。

「手荒に扱われたとか、打たれて腫《は》れあがったとか、そんなんじゃなくて、顔がめちゃめちゃに潰されていたんだよ。潰れた顔が歪んで、血だらけだった。お三津はもう、息をしていなかった。痛かったろうね。苦しかったろうね。恐かったろうね。何があったか、知らないよ。けれど、あいつは、痛めつけるのが狙いじゃなくて、お三津を初めからなぶり殺しにするのが狙いだったんだよ」

と、お沢は伊野吉に言った。

「うちの見世は初めてだが、たぶん、堂前には二度か三度、きた男だ。秀とかいう名前らしい。店頭《たながしら》が男の行方を八方探っているけどね。今もって、どこの男かわからないのさ」

主人の里景が、火鉢の炭火をいじりながら言った。

「ま、町方のお調べは、どうなって……」

伊野吉はお三津の骨壺に、顔がつきそうなほど近づけ、止めどなくこぼれる涙で骨壺を濡らした。

「伊野吉さん、ここはご禁制の岡場所なんだよ。町方に届けられるわけがないじゃないか。お三津は気の毒だけど、うちもえらい損をこうむったんだからね」

里景は掌に額を押しあて、うな垂れた。

その夜、「せめてそれぐらいは」と、里景は供養の経を龍光寺に頼んで、《志乃田》で通夜をした。明け方、下谷の西光寺《さいこうじ》横町の火葬寺で火葬した。

「お三津は、葛西の金町村だ。縁者がいるはずだから、知らせてやらなきゃね。可哀想に。伊野吉さんと、所帯を持つと決めていたんだけどね」

お沢が、萎れて言った。

伊野吉は、骨壺に両掌をそえ、自分に罰があたったんだと思った。

一昨日の晩、今戸橋で谷三郎を殺《や》った。あの同じときに、お三津はこんな目に遭わされていた。なんてことだ。まるで、自分がお三津をこんな目に遭わせたような気がした。伊野吉は、自分の性根を罵《ののし》り、笞打《むちう》った。

秀、あいつか、と権八の手下の顔を、脳裡《のうり》にくっきりと思い描いた。

てめえら、容赦しねえ。今からいくぜ。

伊野吉はうめいた。腹の底から怒りが燃えあがっていた。

八

その夜、伊野吉は風の中を、駒形町隅田川端の蕎麦屋《あやめ》に向かった。

黒の腹掛けに手足の甲がけ、同じく黒足袋をつけ、盲縞を角帯で強く締めあげ、尻端折りにした。菅笠をつけ、匕首《あいくち》を一本、懐に呑んだ。

新月の夜で、星もなく、町は漆黒《しっこく》の闇に閉ざされていた。

大川端は冷たい川風が吹き荒れ、柳並木が心細げに枝をなびかせていた。《あやめ》の表の板戸はたてられていたが、板戸の隙間から、ひと筋の光が堤道にこぼれていた。

伊野吉は板戸を、風がゆらすよりも静かに、同じ調子で三度ずつ、遠い遠い国から呼びにきたことを告げるかのように叩いた。

ほどなくその音に気づいて、板戸が中から開けられた。手下の瓜助が、軒下に佇む黒い影を訝しげに睨み、ぞんざいに言った。

「ああ、あんたかい」

「仕事の代金を受けとりにきた。権八はいるか」

伊野吉の声を、吹きつける風がかき消した。

「なんだと？」

瓜助は聞きかえしたが、伊野吉は黙って店土間に踏みこんだ。

伊野吉に気おされ、瓜助は怯《おび》えて後退《あとじさ》った。

一灯の行灯の灯った板床に秀と京次が酒を呑んでいて、伊野吉を険しく睨みつけた。店土間を棚で仕きった調理場の奥の内証からも、明かりがもれていた。

「どけ」

戸惑っている瓜助に、伊野吉は不気味なほど静かに言った。

瓜助はその声に押し退《の》けられ、板床のほうへ退《しりぞ》いた。そして、

「お、親分、きやした」

と、内証へ怯んだ声をかけた。

内証から、重たい沈黙がかえってきた。

板床の秀と京次は、調理場のほうへゆく伊野吉を見守っているだけだった。

伊野吉は調理場へいった。

調理場には、二台並んだ竈《へっつい》に薪が燃え、湯鍋と釜がかけられていた。

調理場の土間続きの内証に、あやめの権八が見えた。

権八は長火鉢の前に坐り、傍らのお夏の酌で酒を呑んでいた。火鉢の金輪に鉄瓶をかけ、銚子を燗にして、湯気がのぼっていた。

権八とお夏が、伊野吉を冷たい目つきで見つめていた。

「伊野さん、おあがりよ」

お夏が先に言い、手にした銚子を権八の杯に傾けた。

伊野吉は、菅笠をかぶったまま、三畳間の内証に黙然とあがった。長火鉢を挟

んで、権八と向き合った。権八は、首の太い大きな顔を少し斜にして、お夏が酌をした杯を舐めた。

酒に濡れた唇をゆるめていたが、目は笑っていなかった。疑念と侮《あなど》りをない交ぜた目を、伊野吉に寄こした。

伊野吉は端座した膝に、骨ばった短い指の、日に焼けて皺だらけになった手をそろえた。

「そろそろくるころだと、思っていたぜ」

伊野吉は沈黙をかえした。開けたままの表の戸口から川風が吹きこみ、行灯の明かりをゆらした。

「谷三郎の始末は聞いた。さすがは伊野吉だ。よくやったぜ」

「本当に、大したもんだね」

お夏が、だるそうに言い添えた。

「まあ、一杯やれ。お夏、その茶碗でいい。ついでやれ」

茶碗を伊野吉の膝の前におき、お夏が銚子を傾けた。燗酒の湯気が茶碗にたって、酒の香りが薄くたちこめた。

「谷三郎の野郎、大口をたたいていやがったが、手もねえあり様だ。評判を聞いたぜ。鮮やかな手口だったそうだな。手間はとらなかったのかい」

権八が酒をすすった。

沈黙が流れたあと、伊野吉は言った。

「手間代を、いただきやす」

「わかってるって。焦《あせ》るんじゃねえよ。金は用意してあるんだ。めでてえ夜じゃねえか。まずは祝いの杯をあげてからだ」

手下らが表の板戸を勢いよく閉じ、川風が板戸を叩いた。

「伊野吉、谷三郎がくたばった様子を、聞かせてくれ」

権八の差し出した杯に、お夏が酌をした。

「親方、二度は言いやせん」

伊野吉は、伏せた目を上目遣いにして、権八を睨みあげた。

「ふん、金さえもらえりゃ、もう用はねえってかい。愛想のねえじいさんだぜ。それじゃあ、嫁っこがこねえのも無理はねえな。なあ、お夏」

お夏は醜く唇をへの字にして、顔をそむけた。

権八は布子の半纏の袖から、二十五両ひとくるみの小判を二くるみとり出し、長火鉢の縁台に並べた。そして、それを大きな手で覆うようにして、伊野吉のほうの縁台へ押し出した。

だが、押し出したまま、小判を覆った手をどかさなかった。

「見ろ。このとおり、金はそろえてあるんだ。おれは、嘘はでえ嫌えなんだ。五十両、鐚《びた》一文欠けちゃあいねえぜ」

権八は含み笑いを忍ばせた。

「だがな、伊野吉。おめえにはまだ、やってもらわなきゃならねえ仕事があるんだよ。その仕事が済むまで、この金はおれが預かっといてやる。おめえみてえなけちな職人が、持ち慣れねえ大金を持つと、心配だろう。でえ丈夫だ。おれがちゃんと仕舞っておいてやるから、心おきなく次の仕事に励め。で、次の仕事だがな……」

「権八さん、あっしはこちらに長居をする気はありやせん。やらなきゃあならねえ、用がありやす。手をどけなせえ」

「やらなきゃあならねえ用だと？　おれがやらせてやる用のほかに、おめえになんの用がある。指物師なんぞ、とっととやめちまえ。もうじじいなんだ。隠居暮らしを始めたと、近所には言っときゃいいんだ」

お夏が、ただれた笑い声をたてた。

「権八さん、これが最後だ。二度と言いやせん。手をどけなせえ」

しかし、権八は小判を覆う手をどけず、にやついた。

「伊野吉、聞き分けの悪いことを言うもんじゃねえぜ」

「あっしはね、これから女房と出かけなきゃあならねえ。だから、ここの用は早く済まさなきゃならねえんです。うちで女房が、あっしの戻りをひとりで待っておりやすから」

「そうかい。女房が待ってるかい。ふざけたじじいだぜ。好きにしな。だが、この金はおれが預かっとく。またきな」

と、小判を引っこめかけたそのときだった。

いきなり、背中を丸めた伊野吉の、しおれたように見えていた身体が持ちあがった。片膝立ちに一歩を踏み出し、小判を覆った権八の手に伊野吉の手がかぶさった。そして、一方の手は長火鉢の火箸の一本をつかんでふりかざしていた。

権八は、一瞬、呆然と伊野吉を見つめた。

途端、手首に火箸が突きたてられた。

火箸の先端が権八の手首を突き通り、長火鉢の縁台へ乾いた音をたてて深々と食いこんだ。

権八は目を剝き、奇声を店中に響かせた。

傍らのお夏が銚子を落とし、両手をわななかせて仰《の》け反った。

「二度とは言わねえと、言ったろう」

伊野吉は懐に呑んだ匕首を素早く抜いて、権八に打ちかかった。

咄嗟に掌をかざし、顔面を防いだ権八の二本の指を、匕首が容赦なくきり飛ばした。かえしたひと薙《な》ぎが、権八の喉を一閃《いっせん》した。

斬り裂かれた喉から、笛の音のような息がもれた。

どっと噴きこぼれる血を見て、お夏が悲鳴を甲走《かんばし》らせた。

すかさず、お夏の頭上へ匕首を浴びせた。

お夏の島田が左右へ飛び散るように割れ、額から濃い紅を塗りたくった口元まで、赤い亀裂が走った。

甲走った悲鳴が途ぎれ、お夏は空虚《くうきよ》を見つめたまま割れた髪をふり乱して、内証から調理場の土間に転げ落ちていった。

「親分っ」

店土間の三人の手下が、怒声を発して飛びこんできた。

三人ともに匕首をにぎっていたが、調理場の仕きり棚の出入り口が狭いため、ひとりずつしか入ってこられなかった。

真っ先に、秀が立ち向かった。

内証に躍りあがろうとした瞬間、伊野吉の投げたもう一本の火箸がうなり、秀の首筋を貫いていた。秀は内証のあがり端に片足をかけた恰好から、吹き飛ぶように仕きり棚へ背中をぶつけ、調理場の土間に横転した。

仕きり棚に重ねたうつわや笊や箸が、秀の頭に降りかかる。

秀は、貫いた火箸を抜こうと身体を引きつらせて土間を転がり、身悶《みもだ》えた。

そこへ、京次が続いて伊野吉に襲いかかった。

「死ねえ」

ふり廻した匕首が、伊野吉の菅笠の縁をかすめた。

伊野吉は匕首を躱《かわ》しながら、咄嗟に長火鉢の金輪にかけた鉄瓶を京次へ投げつけた。鉄瓶が京次の顔面に跳ね、熱湯が顔や身体に降りかかった。

湯が炭火に降って灰がもうもうと舞いあがり、内証を包んだ。熱燗にした銚子が、熱湯から逃げるように畳に転がっていく。

「熱っ、あつあつ……」

と、京次は手足を躍らせて後退った。

背後の瓜助ともつれ、二人ともに店土間へ転がるように転倒した。喚《わめ》きながら互いを押し退け、起きあがろうとあがいたところへ、伊野吉は京次の後ろ襟をつかみ、上体を引き起こした。

恐怖の悲鳴をあげる京次のうなじへ、伊野吉は匕首を突き入れた。

と同時に、傍らの瓜助を蹴り飛ばした。

瓜助は表の板戸に衝突し、表に押し倒した板戸の上に転がった。

川風が飄々《ひょうひょう》と吹き荒《すさ》び、川端の柳を生きているかのようになびかせていた。

瓜助は店土間へふりかえった。

すると、身悶えている京次の背中へ止《とど》めを刺している伊野吉が、行灯の明かりの中に見えた。

風の音が、京次の断末魔の声をかき消した。

次の瞬間、伊野吉が顔をあげ、空虚な黒い穴のような目を瓜助へ向けたのだった。瓜助の背に戦慄《せんりつ》が走った。それ以上はもう耐えられなかった。手足をじたばたさせ、堤道を川端へ這った。

隅田川の黒い川面が見えると、懸命に起きあがり、後ろも見ずに吹き荒ぶ風の中へ身を躍らせた。

そのとき、広小路に差しかかった七蔵と樫太郎に、冷たい夜風が吹きつけた。

「うっ、寒《さぶ》っ」

樫太郎が首をすくめ、七蔵は羽織の袖に手を突っこんで両腕を組み、背中を丸めた。

「また冬がくるな。これからの見廻りは応えるぜ」

七蔵が言うと、

「応えますよね」

と、樫太郎は鼻を、しゅん〳〵と鳴らしながら、震え声をかえした。

夕刻、二人は北町奉行所にいき、一昨夜、今戸橋で殺害された谷三郎の一件で、久米と協議を交わした。協議は一刻ほどで済み、北町奉行所を出てから神田花房町のお甲の店に寄り、そのあと新堀川の菊屋橋《きくやばし》を渡って、田原町、東仲町の町家を抜け、浅草の広小路に出た。

二人は広小路を大川橋のほうへとり、花川戸町の広末への戻り道だった。

秋の末の、夜風の冷たい広小路に、通りかかりの姿はなかった。

野良犬がどこかで吠えていたが、それも今は聞こえなくなり、昼間の賑わいは、凍えそうな静寂の中に消えていた。

広小路のずっと先に、何かの屋台の小さな明かりが、豆粒のように見えていた。

ほどなく、二人は左手に雷門の見えるところまできていた。

しかし、そこでなぜか、七蔵は歩みを止めた。

そして、いきなりふりかえった。七蔵のすぐ後ろに従っていた樫太郎が、

「な、なんすか」

と、驚いて目を瞠った。

「樫太郎、さっき見かけなかったか」

七蔵は、夜の帳にすっぽりと包まれた広小路の、田原町の町家のある方角を見やっていた。田原町を抜けると、東本願寺の脇道に出る。

「何をですか」

樫太郎は、小首をかしげて訊いた。

「だからさ、伊野吉をだよ。さっきおれたちが東仲町の路地から広小路に出るとき、人が通り過ぎただろう。あれは伊野吉だったんじゃねえか」

七蔵は広小路の先から目をそらさず、樫太郎にこたえた。

「え？　そうだったんですか。あっしは、寒くて俯いていましたから、見てませ

んでしたよ」

「おれは見た。ちら、とだが見たんだ。見かけたやつが、伊野吉だったように思えてならねえ」

「そうなんですか。伊野吉のじいさんが通りかかったんですか。この夜更けに……」

樫太郎も、広小路の西方を見やった。

人影は見えず、あたりは静まりかえっている。ただ、吹きわたる風が、夜空に寂しくうなっている。

「けど、旦那、伊野吉のじいさんが、広小路を通りかかったのが、何か気にかかるんですか。伊野吉の店は新堀川端の東光院門前ですから、なんかの用があった戻りに、広小路を通りかかったとしても、別に変じゃねえし。あっしらだって、そうじゃねえですか」

「ああ。まあ、そうなんだがな。今ごろまで、伊野吉はどこへ、いってたんだろう。こんな刻限まで、ここら辺の誰かと会ってたのか。指物師の仕事のことか。いや、違うだろう。職人の朝は早い。こんなに遅くまで、仕事はやらねえ。じゃあ、なんだ。誰と会ってた」

七蔵は独り言ちるように呟き、広小路の西のほうから東のほうへと見廻した。

気にするほどのことじゃねえ。

そう思いつつ、無性に気になってならなかった。

冷たい夜風が、七蔵と樫太郎を嘲笑うように、また吹きつけた。


駒形町の町役人は、騒ぎを聞きつけて蕎麦屋の《あやめ》に駆けつけたが、川風の吹きこむ音以外は、店の中は静まりかえっていた。

内証の長火鉢の灰が舞いあがって、店の中を白く透きとおった幕で覆っているかのようだった。

風の中に人の叫び声のようなものを聞いた近所の住人が、「何ごとだい」と小路へ顔を出し、どうやら川端の蕎麦屋の《あやめ》で喧嘩沙汰らしい、とわかって自身番《じしんばん》へ知らせた。

自身番の当番と店番が《あやめ》に駆けつけるまで、わずかな間だった。

近所の住人の話では、それからも怒声や喚き声、物が倒れたりぶつかったりする騒ぎが聞こえたものの、どうやら喧嘩は収まった、ということだった。

「常五郎さん、お夏さん、どうかしたかい。大丈夫かい」

自身番の提灯を提げた当番らが、板戸が堤道へ倒れたままの戸口から店土間に踏み入り、白い薄幕の灰を払いながら声をかけた。

応答はなかった。

そこへ、川風が吹きこんで店土間を包んだ灰の薄幕が乱れ、店土間の板床のそばに俯せている最初の亡骸がぼんやりと浮かびあがった。

亡骸は背中とうなじにいくつもの刺し疵が残り、土間に大きな黒い血の染みを作っていた。仕きり棚の中の調理場に、顔面を割られて血まみれのお夏と、火箸に首を貫かれ、顔をぼろ布のようにきり刻まれた男の亡骸が転がっていた。

亭主の常五郎は、内証の長火鉢の傍らに仰《あお》のけになり、裂かれた喉が大きな赤い口を開けていた。ただ、常五郎は片手を長火鉢の縁台に載せ、その手首に突きたてられた火箸が、縁台に打ちつけた恰好になっていた。畳には、鉄瓶や銚子が転がり、常五郎の指先も見つかった。

「わあ、なんだこれは……」

「ひどいな」

と、町役人らは口々に驚きと怯えた声をあげた。

四つの亡骸はどれも、目をそむけるほどのむごたらしいあり様だった。身体はまだ生暖かく、息絶えたばかりだった。

北町奉行所へ知らせが走り、当番方の検視役の若い同心がきたとき、《あやめ》の前の堤道には、冷たい川風が吹きつけているにもかかわらず、界隈の住人が大勢集まって、店を囲んでいた。

店を囲んだ住人の中に、半染めの頬かむりの七蔵と、芥子玉絞りを風に飛ばされないように、これも頬かむりにした樫太郎がいた。

七蔵と樫太郎は、冷たい夜風の中を、花川戸の口入屋《広末》に戻ってほどなく、駒形町の蕎麦屋の《あやめ》で何やらえらい騒ぎがあったらしい、という知らせが飛びこんできて、主人の光兵衛や手下らとともに駆けつけたばかりだった。

「旦那、あやめの権八らの仲間割れですかね」

樫太郎が七蔵にささやいた。七蔵はそうだろうと思ったが、

「あやめの権八かどうかは、まだわからねえがな」

と言い添えた。

「けど、殺されたのがあやめの権八だとしたら、探索はどうなるんですか」

「ふむ、そうだな……」

七蔵にも、子細《しさい》がつかめなかった。

兄の谷次郎に続いて、一昨日の夜、弟の谷三郎が殺害され、花川戸から金龍山下瓦町までの谷次郎谷三郎の縄張りがとうとう潰されたと、浅草界隈の貸元らの間で様々な思惑が廻り、周辺の貸元らの動きが、活発になり出した矢先だった。

駒形町の蕎麦屋《あやめ》が、上州で名の知られたあやめの権八の営む泥棒宿かどうかを探り、あやめの権八の捕縛を目指した七蔵の隠密の探索は、確証をつかまぬまま、これではたち消えになったも同然だった。

ただ、殺されたのがあやめの権八だとしたら、誰が、なんのために、という謎は残った。そのとき、

「旦那」

と呼ばれてふり向くと、嘉助がいつの間にか七蔵の後ろにきていた。

「あっ、親分」

樫太郎が嘉助に会釈を投げた。

嘉助は樫太郎に目配せをかえし、七蔵に言った。

「妙なことになりやしたね」

「ふむ。妙な顚末《てんまつ》になった。これから奉行所に戻る。まずは、久米さんに事情を伝えなきゃあな」

「町役人から中の様子を聞いてきました。お知らせしやす」

「そうかい。聞かせてくれ」

七蔵と嘉助、樫太郎の三人は、光兵衛や手下らを残して囲みから抜け、川風が吹きつける堤道を、駒形堂のほうへと歩き始めた。

第二章　言問い

一

　月が明けた翌十月初めの午後、たばね髪に縞のお仕着せを着けた若い娘が、八丁堀の亀島橋に近い七蔵の組屋敷を訪ねてきた。

　娘は、片開きの木戸から前庭を通って軒下に立つと、肩の埃《ほこり》を払い、髪を少し整え、それから腰高障子をそっと引いた。

「ごめんなさい。あの、ごめんなさい」

　娘は中の様子をうかがいつつ、細い声を表の土間へ二度かけた。

　土間の右手に腰障子を閉じた寄付きがあり、正面に格子戸がたっていた。

　格子戸の奥に人の気配がし、すぐに「はい」と声が聞こえた。

　格子戸が引かれ、年配の女が顔を出して、「おや、おいでなさいまし」と、娘に微笑みかけた。

格子戸の中は勝手の土間になっているらしく、流し場や棚が見えた。

娘は、薄い胸に小さな風呂敷包みをかかえたまま、格子戸から表土間に出てきた年配の女にお辞儀をした。

「こちらは、北町奉行所にお勤めのお役人さまの、萬七蔵さまのお屋敷でございましょうか」

娘は、恥ずかしそうに顔を少し赤らめて言った。

「はい。萬七蔵さまのお屋敷でございます。旦那さまはただ今、ご出仕でございます。わたしはこちらに奉公をいたしております梅でございます。どちらさまでしょうか。ご用件をおうかがいいたします」

お梅は、いく分硬くなった様子の娘をほぐすように言った。

「は、はい。わたくしは、小網町にて、下り塩仲買問屋を営みます隅之江に奉公をいたしております清《せい》と申します。あの、わたくし、郷里は新宿の隣の大久保《おおくぼ》でございます。お文《もん》ちゃんのお家とは近く、子供のころ、お文ちゃんと遊んだ幼《おさな》馴染みでございます。お文ちゃんが、萬七蔵さまのお屋敷にご奉公をしていらっしゃるのは、以前、聞いておりました。あのそれで、本日はお文ちゃんにお会いしたくて、お店にお休みをいただき、お訪ねいたしました」

「おやまあ、お文の幼馴染みの、大久保のお清さんですね。では、小網町からこられたのですか。それはわざわざ。ただ今お文を、呼んでまいります。少々お待ちくださいませ」

と、お梅が言い終わる前に、勝手の土間のほうで小走りの下駄の音が聞こえ、格子戸にお文のほっそりとした姿が現れた。

お梅が格子戸へふりかえり、「お文、お客さんだよ」と言った途端、お文はお清に若い声をはじけさせた。

「あ、本当にお清ちゃんだっ」

「お文ちゃん」

お清も甲高い声でお文を呼んだ。

そのとき、白猫の倫がお文の足下をすり抜けて表土間へ現れ、お梅と並んで表戸のお清を見あげた。首の赤い紐に付けた小鈴が、可愛らしく鳴った。

お清は倫を見おろし、すぐにお文へ見かえった。

「お文ちゃん、やっぱりこちらだったのね」

と、懐かしそうに声をはずませた。

お文は下駄を高らかに鳴らしてお清へ駆け寄り、お清の手をとった。

「お清ちゃん、よくここがわかったね。お清ちゃんが一昨年《おととし》、江戸のお店にご奉公に出てから、わたしも江戸にいかなきゃあって思っていたの。去年から、こちらのお屋敷でご奉公を始めたの」

「今年のお正月に大久保の家に帰ったとき、お文ちゃんが八丁堀のお屋敷にご奉公をしているって聞いて、びっくりしたよ。北の御番所の、お役人さまのお屋敷奉公でしょう。凄《すご》いね。お正月はちょっと用があって会えなかったから、一度、お文ちゃんを訪ねたいとずっと思っていたわ。ああ、会えてよかった。嬉しい。どうしてもお文ちゃんに会いたかった」

「わたしも会えて嬉しい。きてくれてありがとう。これ、お店のお仕着せ？ よく似合ってる。お清ちゃん、大人の女の人みたいだよ」

「何言ってるの。あたしはもう十五だよ。大人の女だよ。お文ちゃんだって、あたしより背が高くなっているじゃない。綺麗になって。お文ちゃんは、お仕着せはないの」

「うん。旦那さまは好きにしていいって仰るから」

「好きにしていいの。いいわね。気ままに着る物が選べて」

「気ままだけど、でも大変なんだよ。今日は何を着ようかと、毎日考えないといけないから」

お文とお清は、華やいだ笑い声をまたはじけさせた。

倫がお文の足下へすり寄るようにきて、お清を見あげて鳴いた。

「可愛い。綺麗な猫ね。お屋敷の飼い猫なの」

「そうだよ。倫って言うの。倫」

お文が倫へ両手を差し出すと、倫はやすやすとお文の腕の中に飛びこんだ。

お清が指先で、白い毛並みの倫の頭をなでた。金色の玉のような目を光らせ、倫が鳴いた。

「あんたたち、こちらにお入んなさい」

お梅が二人に言った。

「お清ちゃん、こちらはね、わたしのお頭のお梅さん。お屋敷勤めの、わたしのお師匠さんだよ。お梅さん、わたしの一番仲良しだったお清ちゃんです」

「あはは。わたしはお文のお頭かい。じゃあ、お友だちはなんだい。とに角、炉《ろ》に火が入っているから、暖かいところでゆっくりお話しなさい。お頭が今からうどんを打って、あったかいうどんを拵えるからね」

「わあ、嬉しい。お清ちゃん、お梅さんの拵えるうどんはね、本当に美味しいんだよ。一緒に食べようよ」

「ありがとう。あのね、今日、八丁堀のお文ちゃんを訪ねるってお店の姉さんに話したら、姉さんが、これを手土産に持っておいきって、持たせてくれたの。お店で売っているお塩だけど」

「まあ、隅之江さんは下り塩の問屋さんだよね。よかった。ねえ、お梅さん」

「これは助かるわ。こんなにいただいたら、お正月まで持つよ。お文に会いにきたのに、かえって気を遣わしちゃったね」

「いいんです。それにね、じつはあたし、お文ちゃんにね、ただ会いにきただけじゃないの。お文ちゃんに、ちょっと、お願いがあるの」

「あら、わたしに？　いいよ、なんでも言って。わたしに任せて」

真顔で気楽に言うお文に、お梅が微笑んだ。

「そういうことだったら、奥のお座敷のほうがいいね。少し寒いけど、火鉢を持っていってあげるよ」

「いいえ。お願いがあるんですけれど、これは、お文ちゃんと二人だけのお話じゃないんです。もしよかったら、お梅さんにも聞いていただきたいんです」

「ふうん、そうなの」

お文が言った。

「あのね、お文ちゃん。このお願いはね、こちらの旦那さまの、萬七蔵さまにお願いしてほしいことなの」

お梅とお文と、お文の腕の中の倫が首をかしげた。


半刻がたち、勝手の土間と台所の板敷は炉に炭火が熾《おこ》って暖かく、その暖かさの中に、刻み葱をまぶし、いただき物の小田原《おだわら》の蒲鉾《かまぼこ》を載せたかけうどんを三人で賑やかに食べ終えたあとの、ほのかに甘い汁の匂いが残っていた。

「いいから、お文はお清ちゃんの話を聞いておあげ」

と、お梅は炉の金輪にかけた湯で茶を二人に淹れて、自分は勝手の流し場に立って、うつわの洗い物を始めていた。

倫はお文の膝に乗り、お清の話を澄まし顔で聞いている。

勝手口の腰高障子に昼さがりの日が射し、庭の木の影を障子に映していた。

「お豊姉さんはね、奉公し始めたばかりで何もわからないあたしに、いろいろと教えてくれたり助けてくれたりして、とても優しい姉さんだったの」

とお清は話を続けた。

「隅之江の奉公を始めて半年ほどがたったころよ。ご隠居の大旦那さまがお亡くなりになられ、大女将のお純さまが向島の隅之江の寮へお移りになることになって、お純さまの身の回りのお世話役で、お豊姉さんも向島の寮で暮らすことになったの。でも、向島の寮暮らしになっても、お豊姉さんは月に一度か二度はお純さまのご用で小網町のお店にお使いにきて、その折りは必ずあたしたちに声をかけてくれたわ。お純さまにお小遣いをいただいたからって、お土産をあたしたちみんなに買ってきてくれたりしてね。本当に誰にも優しくて、気配りができて、仕事ができて、向島の大女将のお純さまだけじゃなく、小網町の旦那さまや女将さんにも信頼されていた姉さんだったの」

「お豊姉さんは、みんなに好かれていたのね」

お清は頷き、

「お豊姉さんを悪く言う人なんて、ひとりもいなかった」

と、声を潤ませた。

「あたしがね、お豊姉さんみたいに、旦那さまや女将さんに信頼される奉公人になりたいんです、どうしたらいいんですかって訊いたらね。お部屋の仕事も下働きの仕事も、どちらも大事なご奉公だから、与えられた仕事を陰日向《ひなた》なく真面目に務めていれば、誰かがきっと見ているし、いつかは旦那さまや女将さんは気づいてくださるはずよ。だから、自分の務めをちゃんと果たしていれば必ず報われる、わたしはそう信じてご奉公しているのよと、励ましてくれたわ。お豊姉さんはあたしのお手本だった。大好きだったし、憧れだったの」

「じゃあ、お豊姉さんが亡くなって、悲しかったでしょうね」

「子供のときだって、あんなに泣いたことはなかった。悲しくて、寂しくて、つらくて、口惜しくて、お豊姉さんのようないい人を、どうしてなのって。神も仏もありゃしないって、恨んだわ」

お清は悲しみを思い出して、声をつまらせた。

お文は慰《なぐさ》めようがなく、流し場からふりかえったお梅と目を合わせ、ため息を吐いた。倫がお清を見あげて、小さく鳴いた。

お清は涙をぬぐい、つらそうな吐息をもらした。

「ごめんね。お豊姉さんのことを考えると、泣けてきちゃって……」

「いいのよ。無理ないよ。お清ちゃんの気持ちは、わかるよ」

お文が慰めると、お清はうな垂れたまま何度も頷いた。

洗い物を終えたお梅が、板敷にあがって炉のそばに坐った。そして、言いにくそうにしているお清をうながした。

「それで、お清ちゃん。うちの旦那さまに、何をお願いしたいの。そのお願いをするために、お文に会いにきたんでしょう」

お清はそこで、大きくひとつ頷いた。赤く潤ませた目を炉に落として、「あのね」と言った。

「あたし、お豊姉さんを殺した下手人を、知っているの。見たわけじゃないけれど、前にお豊姉さんから聞いていたの」

お梅とお文が啞然《あぜん》とした。

お文の身体が驚いて震え、膝の上の倫がお文を見あげて不満そうに鳴いた。

しかし、お梅はすぐに気をとりなおし、穏やかに言った。

「そうかい。お豊姉さんが生きているときに、お清ちゃんに話したんだね。もしかしたら、恐い話なの。お清ちゃん、落ち着いて話してくれるかい」

お清は、思いつめた様子で言った。

「もう一年近く前です。お豊姉さんが言っていました。変な男の人が、向島の寮に、突然、訪ねてきたんです。その人はおじいさんで、擦りきれた足袋を履いて、汚い着物を着流して、寒くても羽織とかはなく、色が浅黒くて、皺だらけで、歩くのもよぼよぼしているのに、怒ったような、不機嫌そうな顔をして、でもなんだかとても偉そうに、お純はいるかいって、言ったそうです。お豊姉さんが、どちらさまですかって訊いても、おれだって言えばわかる、庭へ廻るからお純に伝えろと言い捨て、勝手に庭へ廻っていったんです」

「まあ、怪しいやつ」

お文が即座に言った。

「そのおじいさんは、お純さまの居間の縁側に坐りこみ、お純さまと四半刻ほどこっそりと話をしてから、帰っていったんです。初めのころは、お豊姉さんは気づかなかったけれど、それから、おじいさんは月に一度、向島の寮に現れるようになって、お純さまとしばらく話をして、帰るときにはいつも、お純さまからお金を受けとっていることがわかったんです」

「お純さまがお金を、そのおじいさんにわたしていたのね。毎月なの？」

「毎月だって、お豊姉さんは言ってたわ。ある日、お客さまもきていないのに、お純さまの居間のほうから話し声がきこえてきて、様子を見にいくと、そのおじいさんがいつの間にかお純さまの居間の縁側に坐りこんでいて、お純さまからお金を受けとっているところを、見たんですって。おじいさんが帰るときに見送りに出たら、にやにやと気持ち悪い顔つきをお豊姉さんに向けて、帰っていったんですって。そのあと、お豊姉さんはお純さまに呼ばれて、このことは小網町のお店の者には話してはいけません、小網町の旦那さまや女将さんに余計な心配をかけたくありませんからねと言われたそうなんです。それで、事情は知らないけれど、お純さまがおじいさんに強請られていることがわかったんです」

少しの間をおいてから、お梅が言った。

「けどね、お清ちゃん、お純さまがそのおじいさんにお金をわたしていたとしても、それだけでは強請られているとは言えないんじゃないの」

すると、お清は首を左右に強くふった。

「お豊姉さんも、まさか、お純さまが強請られているなんて、と信じられなかったんです。でも、このまま黙って見すごせない、お純さまはきっと、誰にもご相談できないご事情があって、困っていらっしゃるに違いない、小網町の旦那さまに打ち明けようか、それとも御番所に訴えようかと思案した末に、まずは、おじいさんがどういう人なのかを突きとめなければと気づいて、あるとき、寮にきたおじいさんのあとをつけたんです」

「まあ、お豊姉さんは二十一歳だったんだね。年若い女がひとりであとをつけるなんて、危ないねえ」

「お豊姉さんも、とても恐かったと言っていました。でも、おじいさんがくるのはいつも昼間なんです。昼間なら、恐い目に遭いそうになっても助けを呼べると気持ちをふるいたたせたんです。おじいさんは、向島の隅田村から隅田堤を、ぶらぶらとした足どりでずうっと南へくだって、水戸《みと》さまの下屋敷をすぎ、吾妻橋を浅草のほうへ渡って広小路の盛り場をいき、東仲町の裏通りの、古くて汚い酒場に入ったんです。その酒場には、おじいさんと同じような柄《がら》の悪そうな男の人が何人かいて、おじいさんとは顔見知りらしく、おじいさんは正五《しょうご》と呼ばれていたそうです」

「おじいさんは、正五という名前なんだね」

「はい。お豊姉さんからそう聞きました」

「お清ちゃん、お豊姉さんはその正五というおじいさんのあとを、そのあとをつけたの？」

お文が訊ね、お清は頷いた。

「お豊姉さんは酒場の外で、正五が出てくるまで、一刻以上見張ってたんですって。そしたら、夕方になって正五が赤い顔をして酒場から出てきたの。正五が広小路を東本願寺さまの裏門の往来へ出て、その往来の大松寺《だいしょうじ》というお寺の、賭場らしい僧房に入るところまでつけたの。けれど、そのときはもう暗くなりそうだったから、そこで諦めて向島へ帰ったそうよ」

「まあ。お純さまから強請ったお金で、お酒を呑んで、そのあとは博奕をして遊んでいるのね。悪いやつね、正五って」

「でしょう？」

お文とお清は、怒りを目に浮かべて頷き合った。

「でね、お清ちゃん。お豊姉さんが先月、ひどい災難に遭って命を落としたのは、本当にお気の毒なことだし、お清ちゃんが悲しくて寂しくて、つらいのはわかるよ。お清ちゃんは、お豊姉さんの命を奪った下手人が、その正五というおじいさんだと、言いたいんだね」

お梅が穏やかに言った。

「そうです。そうに決まっているんです」

「確かに、正五というおじいさんは、見た目は怪しいね。でも、見た目が怪しいというだけでは、下手人と限らないんじゃないかい」

「違うんです。見た目が怪しいだけじゃないんです。お豊姉さんが、あたしに言ったんです。今度、正五が寮にきてお純さまを強請ったら、もう絶対許さない、正五にきっぱりと言ってやらなきゃあって。お純さまは、心のお優しいご隠居さまだから、御番所にも訴えず、小網町の旦那さまや女将さんにも秘密にして、温和しくお金をわたしていらっしゃるけれど、こんなことを続けさせるわけにはいかない。お純さまの優しいお心につけ入るのは、いい加減にやめなさい。やめないと、御番所に訴えますって。自分が言わないと、お純さまが可哀想すぎるからって、お豊姉さんはお純さまを気遣っていたんです」

「お豊姉さんは、正五というおじいさんに言ったんだね」

「分からないけど、言ったんだと思います。お豊姉さんからその話を聞いたのは、先月の初めでした。お豊姉さんの亡骸が隅田川の水辺で見つかったのは、それから十日ぐらいがたってからです。きっと、正五がまたお純さまを強請りにきたんです。お豊姉さんは、正五にお純さまを強請るのをやめさせようとして、正五と争いになり、殺されたんです。首を絞められて、隅田川に捨てられたんです。あ、あ、お豊姉さんが可哀想。あんなに心の綺麗なお豊姉さんを殺すなんて、あたし、正五が許せません。絶対、許せません」

お清はそう言うと、また悲しみがこみあげてきたのか、声をもらして咽《むせ》び始め

た。お文はお清の肩を抱き、

「お清ちゃん、そんなに悲しまないで。もう泣かないで。お清ちゃんの気持ちはよくわかったわ。大丈夫よ、安心して。旦那さまにお頼みして、必ず正五を捕まえてもらうから」

と、自分も涙ぐみながら慰めた。

倫が居心地が悪そうにお文の膝からおりて、お梅の膝の上に乗り替えた。そして、お文とお清を不思議そうに見つめた。

お梅が倫の、白い毛並みの身体をなでた。倫がお梅を見あげて鳴き、首につけた小鈴が倫の声に調子を添えるように小さく鳴った。

二

屋敷では、七蔵は樫太郎とお梅とお文、それに倫も加わって、茶の間をかねた台所の炉を囲み、朝餉《あさげ》と夕餉《ゆうげ》をとることにしている。

去年、樫太郎が手先の務めに都合がいいので、屋敷内の離れに木挽町の実家から越してきた。同じくお文が、行儀見習いという名目で屋敷に暮らすようになった。それから、七蔵はそれまでひとりで膳についていた朝餉と夕餉を、台所の板敷に円座を敷き、みなと一緒にとるようにした。

みなと一緒のほうが飯どきはずっと楽しかったし、いつの間にかそれに慣れ、そうするのがあたり前になっていた。

このごろ七蔵は、お梅、樫太郎、お文、さらには気ままにふる舞う倫を見廻して、このあたり前が一家というものか、とつくづく思うのだった。そんな自分がちょっと滑稽《こっけい》だが、そんなふうに思えることがちょっと嬉しくもあった。

宵の六ツ、七蔵はみなと炉を囲んで晩酌の燗酒を呑みながら、お文から昼間のお清の話を聞いた。

「けど、お文、その正五というじいさんを下手人と決めてかかるのは、先走りすぎるんじゃないか」

と、お文に言ったのは樫太郎だった。

「見た目は怪しいし、無頼な暮らしをしているかもしれないけど、酒を呑んで博奕をして、見た目の怪しいじいさんなら、江戸には山ほどいるぜ。そんなじいさんを一々疑ってかかったら、きりがないよ。第一、歳をとったらじいさんは、誰だって大抵、見た目が怪しくなるんだよ。それで疑われちゃあ、じいさんだって可哀想じゃねえか」

「それもそうだね」

と、お梅が笑った。しかし、

「そうじゃなくて、お純さまは、強請られているのよ。その正五というおじいさんに」

と、お文は真顔のまま言いかえした。

「ただ、見た目が怪しいとか、お酒や博奕のことだけを言ってるのじゃないの。お豊さんは、お純さまが正五に、きっと人に言えない弱みをにぎられて、それで強請られているのがわかって、自分がなんとかして差しあげないといけないと思ったのよ。正五というおじいさんは、お豊さんに強請りを嗅《か》ぎつけられ、御番所に訴えられてはお縄になるから、お豊さんを生かしておけないと考えたんだわ。お豊さんのような、人に優しくて心の綺麗な人を手にかけるなんて、普通ではあり得ないもの。ほかに理由が、見あたらないのよ」

「けど、お文はお豊さんがどういう人か知らないんだろう。お豊さんを悪く言うつもりはないよ。けどさ、傍《はた》からはわからない事情を、人知れず抱えているってことは誰にだってあると思うぜ。だからお豊さんは、子細は知らなくても、お純さまが強請られているに違いないと推量したんだろう。人はそれぞれに愁《うれ》いがあることを、お豊さんもわかっていたからだよ」

「わたしも知らないけど、かっちゃんだって知らないんじゃない。お清ちゃんはお豊さんがどういう人か知っているから、お豊さんがあんな目に遭わされて、可哀想でならないのよ。お清ちゃんは、大好きだったお豊さんの無念を晴らすために何かをしたいけれど、自分じゃできないから、わざわざ訪ねてきたの。証拠はなくても、お純さまが正五という怪しいおじいさんにお金をわたしていたのは確かだわ。それが強請りだったから、お豊さんがそれに気づいてやめさせようとして殺されたんだって、お清ちゃんは疑っているの」

「けど、お純さまは強請られているとは言ってないんだろう」

「だから、強請られていても、弱みをにぎられていたら、強請られたとは言えない場合だってあるじゃない」

「そりゃあ、そういう場合もなきにしもあらずだけどさ」

と、樫太郎は茶碗の飯をかきこんだ。

お文の切実な口ぶりに、お梅はどうなんだろうねというふうに首をかしげた。

お文はむきになって、七蔵に言った。

「旦那さま、正五というそのおじいさんが、とっても怪しいんです。どうか、お清ちゃんのために力を貸してください。お豊さんを手にかけた正五というおじいさんを、捕まえてください」

「お文の言いたいことはよくわかった。隅之江の刀自《とじ》が、正五というじいさんに金をわたしていたのなら、どういうわけで金をわたしていたのか確かめてみよう。ただな、樫太郎の言うとおり、隅之江の刀自が正五に金をわたしていたことが強請りかどうかは何とも言えないぞ。正五がお豊の一件にかかり合いがあると決めてかかるのも、少し簡単すぎる気がするな。お豊の一件は、探索が難航しているようだ。おそらく、そう簡単な事情ではないからまだ落着していないんだろう。お文やお清が、疑わしい気持ちになるのはわかるがな。今はまだ調べのさ中だから話せないが、話せるときがきたらお文にも子細を話してやるから、あまり気にかけずに待っていたらいい。一件は必ず落着するさ」

七蔵はお文をなだめた。それから、炉の傍らに何もかもを心得たふうに坐って七蔵を見あげている倫へ、「なあ」と頷きかけた。

「田賀《たが》さん……」

翌日、七蔵は北町奉行所表門わきに番所のある同心詰所で、同心の田賀順《じゅん》右衛《え》門《もん》に呼びかけた。

田賀は、先月の九月、向島隅田村の隅田川原で、隅之江の使用人お豊の絞殺体が見つかった日の当番方を務めていて、お豊の亡骸の検視に隅田村まで出役した若い平同心である。

そののち、お豊殺しの一件の掛を命じられていた。

田賀は、黒羽織の同心らの出入りや、中間や下番に指図する声が飛び交って騒々しい朝の同心詰所の机に向かって、帳面に何かをつけていた。

「あ、はあ、萬さん」

と、田賀は七蔵に呼びかけられたのが意外なふうに、帳面から顔をあげた。

「ちょいと、いいかい」

「どうぞ」

七蔵は五尺八寸の体軀をゆっくりとおろし、一見、厳つい相貌を穏やかにやわらげた。中背で痩せた田賀は、首をわずかにかしげて、そんな七蔵の様子を怪訝《けげん》そうにうかがった。

田賀は、隠密廻り方の萬七蔵が、《夜叉萬《やしやまん》》という綽名《あだな》で呼ばれていることは知っている。夜叉萬を怒らせたら危ない、と奉行所内でも陰で言われているのを聞いたことがあった。

ただ、夜叉萬がどういうふうに危ないのか、田賀はよく知らなかった。

夜叉の鉄槌《てっつい》をくだすと称して、本所や深川あたりの破落戸や無頼漢が、これまで夜叉萬に数知れず葬《ほうむ》られたとか、盛り場のやくざや顔役らとつるんで、ずいぶんな裏金や袖の下をとっているとか、いやに怪しい噂も聞いた。

けれど、そんな宮地《みやち》の小芝居みたいな噂が本当なら、萬七蔵が隠密廻り方を務めていられるはずはないだろうし、第一、人に知られないようにやる隠密仕事は無理だろうと、田賀は真に受けていなかった。

のみならず、夜叉萬は剣術の腕が相当たち、町奉行所で夜叉萬に敵《かな》う相手はいないらしい、という話を聞いたこともある。

田賀は、中背の細身で、剣術にはあまり自信がなかった。だから、そりゃあ、あの身体つきだからそこそこはやるだろうけれど、どこまでそうなの、という気がしないでもなかった。

そもそも、定町廻り方、臨時廻り方、それに隠密廻り方の三廻りは、いずれも町奉行に直属し、町家の巡邏《じゅんら》が役目であるため、奉行所内で顔を合わせたり、見かけること自体があまりなかった。

萬七蔵の顔と名前と、そういう埒《らち》もない噂話ぐらいは知っているとは言え、それ以上に関心はなかった。とに角、萬七蔵とはあまり話をしたことはないし、話そうとも思わなかった。歳も違うし、ちょっと近寄りにくい。

だが、田賀はその朝、萬七蔵を間近に見て少々たじろぎを覚えていた。

これまで、離れたところから漫然と見ていた以上に、気おされた。確かに、剣術のほうはだいぶできそうだね、と七蔵の風貌を見廻した。それに、薄鼠の無地の白衣に竜紋裏三つ紋の黒巻羽織が、七蔵の風貌に似合っているとも思った。

「あの、なんですか」

田賀は肩をすぼめ、七蔵へ横目を向けた。

七蔵は、ふむ、と何かが気になるふうに頷いた。

「田賀さんは、先月の隅田村の、お豊殺しの一件の掛だったね」

「そうですけど」

「昨日、ある話を聞いてね。一応、田賀さんに伝えておこうと思ったのさ。お豊殺しの一件に、かかり合いがあるかないか、なんとも言えないし、田賀さんの耳にも、すでに届いているとは思うんだが」

「どんな話ですか」

お豊殺しの一件と聞くと、一件の掛である田賀は、七蔵へ向けた目つきにかすかな関心をにじませた。

「お豊が働いていた隅之江の向島の寮の、お純という刀自についてなんだが、そのお純が正五というじいさんに強請られていた、という事情がお豊殺しの背後にあるらしいという話なんだ。田賀さん、聞いているかい」

「ああ、その件ですか。聞いていますよ」

田賀はすぐに、それか、という素ぶりを見せ、白々とした口調で質した。

「それって、小網町の隅之江の下女奉公をしている、お清とかいう小娘の訴えじゃありませんか」

ふむ、と七蔵は頷いた。

「やっぱり。そりゃそうだろうな。じつは、十四歳になる親類の娘を預かっていてね。お清は十五歳で、その親類の娘と幼馴染みだった。昨日お清が、うちへ親類の娘を訪ねてきたのさ」

七蔵がお文から聞いた昨日の経緯を伝えると、田賀は言った。

「調べを始めたときに、寮のお純の話は言うまでもなく、小網町の隅之江のお店の主人夫婦のほかにも、奉公人らの話はひととおり聞いています。その折りにお清からも、その訴えはありましたよ。むろん、お純には確かめました。お純は、正五に強請られているとお豊に思われていたことが、意外なようでした。強請られていたのでは決してないと即座に否定しましてね。正五は若いころからの知り合いで、病気がちな女房を抱えて、今は暮らしに窮している。だから、昔のよしみで月にわずかだけれども、援助をしているということでした」

「そういうことかい」

「念のため、正五というじいさんにも話を訊きにいきました。田原町一丁目の吉《きち》兵衛《べえ》店というぼろ長屋に住んでいますよ。まったくの無駄足でした。歳は六十代の半ばですがね。白髪頭はもう髷が結えないぐらいで、歯はぼろぼろ。顔はしみだらけの、よぼよぼの皺くちゃじいさんでした。歩くのも覚束《おぼつか》なくてね。これじゃあお豊殺しは無理だと、すぐにわかりました」

それから田賀は、ふん、と鼻先で笑った。

「萬さん、ご存じですか。お豊は隅田川の川縁の水草の中に浮いていたんですが、水死じゃないんです。細い喉首に絞めた指の青黒い跡が、くっきりと残っていました。そこは寺島村の渡しと隅田村の木母寺近くにある寮の途中の、隅田川の川縁です。お豊は殺されてから、その川縁から隅田川に捨てられたんです。喉首に残った指の跡から推量すると、下手人はけっこう大柄な男です。わたしよりずっと手が大きい。正五じいさんの背丈は、わたしぐらいです。ましてや、年老いてだいぶ縮《ちぢ》んでますがね。下手人は、たぶん、萬さんぐらいの背丈ですよ」

田賀は七蔵の体軀を横目に見て、からかうような薄笑いを浮かべた。

なるほど、おれぐらいのね、と七蔵は思った。

「萬さんを頼ってその話をしにいったということは、お清はわたしが、お清の話を真に受けていないと思ったんですかね」

「十五歳の娘だからね。下手人は正五だと明らかなのに、未だに捕まらないのが我慢ならなかったんだろう。居ても立ってもいられなくて、勇気を出してきたんだと思うね」

「確かに、一件があってもう二十日以上がすぎ、そろそろ一ヵ月です。未だ下手人の捕縛にいたらず、面目ないとは思っているんですけど……」

「なあに。よくあることさ。田賀さんが手抜かりなわけじゃない。町方の務めとはそうしたもんさ。今、一件の調べはどこまで進んでいるんだい。差し障りがないところを、聞かせてくれないか。手伝えることがあるかもしれないぜ」

「進み具合？　そうですね。とに角、殺害されたと思われる日の、お豊の足どりが未だにつかめていません」

と、田賀は苦々しい顔つきを見せた。

その日の朝、お豊はお純の用で小網町の隅之江へいき、用を済ませて昼の九ツすぎに隅之江を出たが、それからの足どりが不明だった。寮のお純の話では、お豊には隅之江にいく用が月に一度か二度あって、その折りは、夕方の七ツ前までに戻ってくれれば、お豊の自由にさせていた。

「お豊はこれまで、夕方七ツの刻限に遅れたことはなかったんです。夕方七ツ前はまだ明るい刻限です。向島の田舎とは言え、集落に近く、隅田堤には人通りはあるし、隅田川には船も頻繁《ひんぱん》に往来しています。そういうところで、ゆきずりの追剝の仕業や乱暴狙いでお豊を襲ったというのは考えにくい。実際、お豊の亡骸には、乱暴されたり激しく争ったような跡は見あたりませんでした」

「なら、誰か、お豊の顔見知りがいたのかね」

「さあ、そこなんですが、どうもはっきりせんのです。あの日、お豊は隅之江を出てから誰かと会っていた。そしてその誰かと、何かがあった、というのは大いに考えられますね。若い女ですから、よくあるのは色恋のもつれ。あるいは金がからんだもめ事。ただ、お豊は気だてのいい女で、真面目に仕事に励み、身持ちも堅かったと、奉公人仲間の間では評判がよかったのです。隅之江の主人夫婦にも信頼されておりましたし、向島の寮のお純は気だてのよいお豊を可愛がり、いずれはいい嫁入り先をと気にかけていたようです」

「なら、やっぱり男と会っていたとか……」

「いえ、お豊に男の影があった噂や話は、これまでのところ聞けませんでした。だいたいが、向島の木母寺に近い、よく言えばのどかで静かですが、若い女には少々寂しい田舎の寮で、年老いた刀自との二人暮らしですからね。日々の暮らしに、馴染みになるような年ごろの男と接する機会が、そもそも少ないんですよ。身持ちだって、堅くならざるを得んでしょう」

七蔵は束《つか》の間《ま》考えた。

「金のからんだもめ事とかは、どうなんだい。まさか、という気はするが」

「まさに、まさかでしょうね。商家の女中働きのお豊に、もめ事になるほどのまとまった金があるとは思えませんし、お豊の給金は隅之江の主人が預かり、月々の小遣いのほかは、嫁入りなどで奉公を辞めるときにまとめてわたすことになっておりました。むろん、人ともめ事になるほどの借金を拵えるような暮らしもしておりません。いずれは、親兄弟や親戚のいる相模の郷里へ、戻ることになっていたのですがね」

七蔵の脳裡に、お豊の首筋に残った青黒い指の跡がよぎった。

大柄な男の手が、お豊の細い首根っこを絞めたってわけか。

これを話したらお文がどんな顔をするかなと、ちょっと気になった。

そのとき、同心詰所に下番が使いにやってきて、田賀に伝えた。

「田賀さま、お奉行さまがお呼びです。御用部屋へ……」

「承知した」

田賀は即座に返事をし、机の帳面を閉じながら七蔵に苦笑いを見せた。

「お豊の一件です。調べが進まないものですから、お奉行さまも気にかけておられるんです。毎朝呼び出されますが、一向によいご報告ができないのがつらいですね。では、萬さん、そういうことですので」

七蔵は小声で言った。

「田賀さん、向島のお純に正五というじいさんの話を訊きにいってもいいかい。正五がお豊の一件とかかわりのないことを、念のために確かめておきたいだけなんだ。むろん、あとで田賀さんに全部報告するし、万が一、お豊の一件にかかわりがありそうな話が聞けたら、田賀さんの指図に従って、決して迷惑はかけないようにする。どうかね」

「萬さん、わたしが駄目だと言っても、どうせいくんでしょう。こうと決めたら絶対引きさがらないし諦めない、北町の夜叉萬はすっぽんみたいな男だと、評判ですからね。あ、失礼。まあ、いいですよ。お豊殺しと正五にかかり合いのないのは明らかですし、必ず報告すると約束してもらえば……」

「約束する」

三

廻り方の同心個人が抱え、奉行所に届けを出している小者《こもの》は、奉行所に出入りが許されている。同心の見廻りに従うときは、朱房はついていないが、官給の十手を携行《けいこう》している。

北町奉行所の小者居所は、表門より裏門に近い米舂《こめつき》所と厩《うまや》の並びにあった。

下番の「萬さまの見廻りです」と声がかかり、樫太郎は小者居所から飛び出した。十月は明番《あけ》で、北町奉行所の閉じられている表門わきの小門を、黒羽織の七蔵がくぐり抜けるところに追いついた。

樫太郎は、七蔵に続いてわきの小門をくぐり出ると、門前の往来を呉服橋御門のほうへ歩み出した七蔵の背中に言った。

「旦那、これから向島ですか」

「ふむ。だが、その前に室町のよし床だ」

「へい。よし床の嘉助親分ですね」

樫太郎は、七蔵の背中へ繰りかえした。

御堀に架かる呉服橋を渡って、高札場《こうさつば》のある日本橋南の大通りに出た。大通りから、老若男女、武士に商人、行商がいき交い、勧進《かんじん》の呼び声が聞こえ、人足《にんそく》らが押す荷車がけたたましい音をたてる日本橋を室町へ渡った。

薄曇りのはっきりしない天気だった。寒さが日に日に厳しくなっている。

嘉助の営む髪結の《よし床》は、室町一丁目と二丁目の境の往来を、本小田原《ほんおだわら》町《ちょう》のほうへとり、途中の小路を折れた先の四辻《よつつじ》にある。

今年六十歳の嘉助は、髪結の《よし床》に、今年の初めごろまで剃出《すりだし》だった弟子の広ノ助《こうのすけ》を養子に迎えて店を任せ、養子の広ノ助が、修業の小僧をひとり使って店をきり廻している。だが、

「人間、歳をとっても気楽が一番、とは限りやせん。どうも気持ちがむずむずして、じっとしていられなくて……」

と、今でも店に出て接客する口うるさい親方が辞められなかった。

その嘉助は、一昨々年《さきおととし》の三年前まで、髪結の《よし床》を営む傍ら、下っ引きを大勢抱える七蔵の有能な岡っ引きでもあった。一昨年の正月、手下の下っ引きの中でこいつは若え《わけ》のに使える、と見こんだ樫太郎に七蔵の御用聞を譲った。

「何しろ歳でやすから、旦那と一緒に走るのは無理だ」

そう言いながら、顔の広さ、腹の据わった度胸のよさ、衰《おとろ》えを知らぬ嗅覚を具《そな》え、今なお、七蔵の頼りになる腕利きの岡っ引きだった。

「親分、また頼めるかい」

七蔵が言うと、

「承知しやした。やってみやしょう」

と、若いころと変わらぬ岡っ引きの鋭い目を光らせる。

五歳下の女房のお米《よね》がいて、お米は長年連れ添った亭主のそういう気性を心得ていて、これも変わらずに亭主を支えている。

「……そういうことで、瓜助は、元は深川の地廻りなんです。三年前、権八が江戸に出てきてから、権八の手下になったと思われやす。江戸以外は知らねえ男です。そんなに目端の利く男でもねえ。たぶん、深川か本所のどこかに身をひそめているんでしょうが、身をひそめているだけでは今に干あがっちまう。瓜助のような粗忽《そこつ》な男は、いずれ、どっかで尻尾《しっぽ》を出すはずでやす」

「ふむ。あの夜に何があったかを、瓜助が全部知っているはずだ。仲間割れだったのか。それとも、縄張り争いがもとで襲撃されたのか。いずれにしても、あれほどのことをやってのけたのがどんなやつか、あるいはどんな一味か、なんとしても知りたい」

「騒ぎが起こって自身番の町役人が駆けつけるまでの、ほんのわずかの間にあそこまでできるのは、やっぱりひとりじゃねえでしょう」

「そう見るのが普通だな。広末の光兵衛も、あやめの権八が花川戸界隈の縄張りを狙って谷次郎谷三郎を始末させ、まさに縄張りを手に入れかけたところで起こったあの夜の一件は、辻褄《つじつま》が合わねえ、一体どいつの仕業だ、あり得ねえと、首をひねっていた」

「でしょうね」

「光兵衛の差口どおり、蕎麦屋の《あやめ》があやめの権八の率《ひき》いる泥棒宿で、常五郎が権八に間違いなかったとしたら、おれも辻褄は合わねえと思う。だが、肝心の権八らしき常五郎を始め、手下らも一遍に片づけられ、何もかもが闇に葬られちまったって感じだ。久米さんも呆《あき》れていたよ。もっとも、光兵衛はそれはそれとして、あの夜の顚末には溜飲がさがったようだがな。それで親分、浅草界隈の親分衆の話は聞けたかい」

「そっちのほうから聞けた話では、縄張り争いがもとであれはねえと、親分衆はみな口をそろえておりやした。あんな手荒なやり方では、てめえにも火の粉をかぶる覚悟がいる。蕎麦屋のあやめの襲撃は、江戸の者じゃねえ。江戸の者があんなことをやったら、江戸にいられなくなる。あのやり方は間違えなくよそ者の一味の、しかも玄人の仕業で、一味は江戸からとっくに消えているだろうと、言っておりやした」

「ひとりじゃなく一味で、それも親分衆にさえ玄人と言わせるほどの手口か。じゃあ、誰かがよそ者を雇って、あやめの権八を始末したってことか」

嘉助は、口をへの字に結んでうなった。

七蔵と嘉助、そして樫太郎の三人は、髪結の《よし床》の茶の間にいた。

茶の間の腰障子をたてて店の間は見えないものの、広ノ助と修業の小僧が客の髪を結っている話し声や様子が茶の間に伝わってきた。お米は、火鉢にかけた鉄瓶の湯で茶を三人に淹れてから、すぐに引っこんでいった。

駒形町の蕎麦屋の《あやめ》で起こったみな殺しの一件から、はや日がたって冬が日に日に長《た》けてゆく。あの冷たい風の夜、《あやめ》がその日の営みを終えてほどなくして起こった喧嘩騒ぎで、亭主の常五郎、女房のお夏、使用人の秀と京次が殺された、ということになっている。

ただ、駒形町の界隈では、表向きは蕎麦屋でも、《あやめ》は何やら怪しそうな、と見られていたらしく、先夜の騒動で、やはりあの店はと、とり沙汰されていた。

それに、喧嘩騒ぎの末のみな殺しと言っても、三人の使用人のうちの瓜助という若い男の姿がなかったため、瓜助の仕業か、という推測も出た。

検視にきた町方は、店の中の惨状に、だとしても瓜助ひとりでできることではない、という見方だった。

嘉助は七蔵の指図で、秀と京次と瓜助の三人の素性を探っていた。

手下と思われる三人の素性から、駒形町の蕎麦屋の《あやめ》があやめの権八率いる泥棒宿で、亭主の常五郎が上州で名の知られたあやめの権八だという手がかりをつかむためだった。

嘉助が探っていたそのさ中に、あの騒動が起こった。

七蔵と嘉助の話が続いている。

「とも角、引き続き瓜助の行方を追ってくれ」

「承知しやした。瓜助の消息に詳しい昔の仲間がおりやす。そっちからもあたってみるつもりです。どっちにしても、そうはかからねえと思いやす」

「でな、親分。それはそれとして、ほかにも探ってほしいことがあるのさ」

「なんなりと」

嘉助は何も聞かずに、笑ってこたえた。

「小網町の隅之江という商家を、知っているかい」

「知っておりやすとも。小網町の隅之江と言やあ、三丁目の下り塩仲買問屋の大店ですね」

「その隅之江に奉公していたお豊という下女の亡骸が、先月、隅田村の隅田川原に浮かんでいた。水死じゃなく、首を絞められ、殺されてから隅田川に捨てられたらしい。その一件はどうだい」

「覚えておりやす。同じころに、花川戸町の谷次郎が浅草寺の境内で襲われて命を落とし、浅草界隈の賭場の縄張り争いが始まったと、うちあたりの手代奉公のお客さんの間でさえ、だいぶ噂になっておりました。ですから、隅田川原で女の亡骸が見つかった一件は、あまり評判にはならなかったんです」

嘉助は、束の間をおいて続けた。

「そう言えば、隅之江に奉公していた女でしたね。うちにきているお客さんの中にも、その噂をしていた方がいらっしゃいました。隅之江さんでは、奉公人にその話を外でしないようにと、ご主人に厳しく禁じられているとか、聞きましたね。その話を聞いたときは、若い女が狙われて、物騒な一件が起こったもんだな、と思っておりやした。確か、殺された下女は、向島の隅田村の寮で働いていたんでしたね。探るのは、その件で？」

「隠密のおれが調べるような一件じゃないんだが、うちのお文の幼馴染みに、お清という同じ年ごろの娘がいて、隅之江に奉公している。そのお清が、昨日、お文を訪ねてきた。お清の用件が、じつは、隅田川原で亡骸が見つかったお豊の一件についてなのさ」

「ええ、お文ちゃんにそのお豊の一件を、でやすか？」

「まあ、そうなんだよ」
七蔵はこたえ、ひそめた眉に少々の困惑を浮かべた。

四

半刻後の午前の四ツすぎ、箱崎《はこざき》の船宿で頼んだ船が、隅田川原の寺島村の渡し場に着いた。寺島の渡しの川原には、掛茶屋があって、掛茶屋の前から南北に分かれた道が、川原に作られた田畑の間を隅田堤へ通じている。

船から歩みの板にあがった七蔵と樫太郎は、葉を落としかけた大きな桜の木の下の掛茶屋の前から、川縁へ道をそれ、隅田川の流れに沿って木母寺のほうへと向かった。

灰色に枯れた蘆荻の間を細道が通って、薄曇りの空の下に茶や黄に色づいた葉が散り始めている木々に囲まれた木母寺の堂宇《どうう》が、細道の前方に見えていた。

水辺の水草の間を、まがもが賑やかに泳ぎ廻っていた。

薪を山のように積んだ平田船が川中をくだっていくのを、二人は見送った。

川原に広がる田畑の先の隅田堤へ目をひるがえすと、堤道に沿って並木がつらなり、往来する人影も見える。

「旦那、ここらあたりなんですね、お豊の亡骸が浮いていたのは」

樫太郎が、まがもが浮かぶ水草のほうへ目を向け、前をゆく七蔵に言った。

ふうむ、と七蔵のゆるやかな息を吐くような声がかえってきた。

「さみしい場所だけど、この明るい空の下で、若い女の首を絞めて亡骸を川へ捨てるなんて、できそうにありませんね」

樫太郎が言い、七蔵はまた、ふうむ、とゆるやかな息を吐いた。

「こんなところじゃあ、あっちの隅田堤からもこっちの川をのぼりくだりする船からも丸見えだし、集落だってありますし、木母寺だってすぐ近くで、参詣客にも見られるじゃないですか」

「なら、樫太郎、お豊に手にかけたのは、やっぱり夜だな」

「そうですよ。真っ暗闇の中で、そいつはお豊の首を絞めたんですよ。こんなところで、お豊は恐かったでしょうね。可哀想に」

「先月の半ばだ。天気もよかった。あの日は月がのぼって、真っ暗闇ではなかった。それにしても、こんな寂しい川縁の細道を、夜が更けて若い女ひとりが通りはしないだろう。ということは、お豊には連れがいたんだな」

「連れが？　じゃあ、それが正五じいさんなんですか」

七蔵は細道を雪駄で踏み締めつつ、ゆっくりと歩んでいた。そして、

「それとも、無理やりここへ連れてこられたか……」

と、違うことを言いながら、お豊に争った跡がなかったと言った田賀の言葉を思い出していた。

「違う。お豊にはやっぱり連れがいたんだ。夜が更けて、連れと一緒にここを通りかかった。樫太郎、そいつはたぶん、正五じいさんではなさそうだ」

七蔵は立ち止まり、曇り空の下の川原を見廻した。

「正五じいさんじゃあ、ないんですか？　お文は正五じいさんだと決めてかかっていましたね」

「そいつは、お豊を寮へ送るふりをしてこの道を通り、いきなり襲いかかったんだ。お豊は、連れがそんなことをする相手だとは思いもしていなかった。怪しい正五じいさんの、わけがない。たぶん、そいつはお豊の馴染みの男だ。若くて、元気な、女の細首なら、易々《やすやす》と絞めることができるおれぐらいの背丈《せたけ》の」

「すると、そいつはお豊の馴染みで、お豊は馴染みの男に命を奪われたのかもしれないんですか」

「そうかもな」

「そんな。それじゃあ、騙し討ちじゃないですか」

七蔵は、ゆっくりと大きく、呼吸をした。

「じゃあ、もしかしたらそいつは、隅之江の使用人なんですか。だからさっき、嘉助親分に隅之江の使用人の事情を探るようにと仰ったんで……」

「考えられなくもねえ、という程度の勝手な推量さ。お豊は身持ちの堅い女だった。まったくの的はずれかもしれねえし」

七蔵は再び、細道を歩み始めた。

隅之江の寮は、鶯《うぐいす》垣《がき》に囲まれた入母屋《いりもや》ふうの茅葺《かやぶき》屋根が、のどかな里の風景に似合う瀟洒《しょうしゃ》な住居だった。

お豊の一件があってから、念のための用心にと、年配の下男夫婦が住みこみで新たに雇い入れられていた。庭の枯れ葉を竹箒《たけぼうき》でかき集めていた半着に股引《ももひき》の下男が、七蔵と樫太郎を客座敷に通した。

庭にはくぬぎや楢《なら》の木が植えられ、七蔵と樫太郎の通された客座敷の縁側からは、庭の鶯垣ごしに、冬の曇り空のせいで参詣客が絶えた閑散とした木母寺の境内が見えた。

年配の下女が茶と煙草盆を運んできて退がるのと入れ替わりに、薄墨色の無地の小袖に紺地の中幅帯を締め、下着の白い縁が前襟にのぞく地味な装いの刀自が、物静かに現れた。刀自は七蔵と樫太郎に向いて手をつき、

「お勤め、ご苦労さまでございます。隅之江の純で、ございます」

と、艶《つや》はないが品のある枯れた声で辞儀をした。

お純の地味な装いは、亡くなったお豊への供養なのかもしれなかった。

だが、女にしてはやや上背のある細身と整った目鼻だちに、その地味な装いは穏やかながら、かえって映《は》えて見えた。

七蔵はお純の愁いを浮かべた面影に、かすかなたじろぎさえ覚えた。

そうか、と思った。

お豊はこういう主《あるじ》に仕えていたのかと、改めて感じ入った。

「お豊の一件について、お訊ねしたいことがあります」

七蔵は顔をあげたお純に改めて名乗り、いきなり飾り気なくきり出した。

「どうぞ」

お純は冷淡なほど、落ち着いて七蔵を見かえした。

「お純さんは、正五という男をご存じですね。六十代の半ばの老人です」

「はい。正五さんは昔馴染みです。若いころより、存じております」

「正五さんに、月々、お金をわたしていますね。それは、どういう事情のお金なんですか。何かわけありの？」

お純は短い間をおいた。

「いいえ、わけなど。昔馴染みの正五さんが今は暮らしに窮《きゅう》しておられ、幸いわたくしは暮らしに不自由をしておりませんので、わたくしが自由にできる程度のわずかな額を用だてております」

「月々、正五にどれぐらいの額を用だてていらっしゃるんで」

「一両ほどです。正五さんのおかみさんが、お医者さまにかかっておられますので、診療代や薬代がかさむときは、一両以上のときもございます。二両とか三両とかのときも」

「ほう。月に二両とか三両のときも。ずいぶん高額ですな。もう一年ほど前からと聞きました。一年だと、かなりの額だ。隅之江さんほどの大店になると、わずかな額と言っても、わたしらとは桁《けた》が違う」

「正五さんにはそれが要るのですから、仕方がございません。人には、そういう折りもございます」

「確かにそうだ。要るときに要るだけの金がないと、いくら用だててもらっても役にはたちませんからな」

七蔵は、お純が落としたかすかに物憂い顔つきを見守った。

「小網町のお店を継がれているご主人に、正五に金を用だてている経緯を話さないのは、なぜなんです」

「わたくしの一存でやっているのです。倅夫婦に、余計な気遣いをさせたくありません。ですから……」

「昔馴染みにお金を用だてているだけなのに、お店のご主人がご存じないのは、知らせてはならない事情があるのですか。例えば、正五と隅之江さんの間に、あるいは先代との間に、昔、何かがあって、それを蒸しかえし、今のご主人に知られて心配をさせたくないとか」

「正五さんと隅之江の間に、特別な子細はございません。しいて申せば、わたくしの一存ですることに、倅にあれこれと訊ねられて、それを言って聞かせるのは面倒ですのでね」

「なるほど。自分の思いは、人にはなかなか伝わらぬものです。ただ、お豊は、お純さんが毎月、正五に金を用だてていることに気づいて、正五に強請られていると思っていたのです。お純さんが、それを誰にも言わぬように止めたので、お豊はかえって不審を抱き、自分がお純さんのためになんとかして差しあげねば、正五にかけ合って強請りをやめさせねば、とまで気にかけていたようです」

「わたくしがはっきりと言わなかったため、お豊に余計な心配をかけ、可哀想な気遣いをさせてしまいました。掛のお役人さまに、お豊がそんなふうに考えていたと聞かされ、本当に驚きました。お役人さまには、すでにおこたえいたしております。正五さんとは、本当に昔馴染みなのです。昔馴染みが暮らしに窮しているのを見かねて、用だてているのでございます」

「お純さんが掛の者におこたえになった子細は、聞いています。ということは、今月も正五に金を？」

「今月のお金がないと、正五さんとおかみさんは暮らしていけません。それに、おかみさんの薬代もかかりますし」

「掛の者から聞かれたでしょうが、お豊は、お純さんから金を受けとった正五のあとをつけたことがあるのです。どうやら正五は、お純さんから受けとった金で浅草の酒亭で呑み食いし、賭場に出入りしていたようです。病気のかみさんの診療代や薬代というのは、怪しいものです。知らなかったでしょう」

お純は、物静かに頷いた。

「お豊の一件について、正五はお純さんに何か言ったり、何か訊ねたりはしませんでしたか」

「いいえ。お豊のことについては、正五さんとは何も。お豊の一件と正五さんとは、かかわりはございませんから」

短い沈黙をおいて、七蔵は言った。

「正五は今、働いておらず、蓄《たくわ》えもないのですね。以前は、どういう仕事をしていた男なんですか」

するとお純は、口元へ白く細い手をあて、うっとりと微笑んだ。

「正五さんは、絵師《えし》だったのです。それから、下沢《しもさわ》正五の筆名で、読本《よみほん》や洒落本《しゃれぼん》などを書いていた戯作者でした。自分で三味線を弾いて、長唄などもとてもお上手でした。本当に、いろんなことがなんでもできる人でした。子供のころは正《しょう》助《すけ》という名だったのを、筆名の正五に、自分の名を変えたのです」

「ほう。では、正五とはご近所だったんですね」

「近所というわけでは、ございませんでしたけれど……」

お純は、ふと、われにかえったように、なぜか顔を赤らめた。

そのとき、薄曇りの空に晴れ間がのぞいて、閉じた腰障子に昼の薄陽が射し、お純の赤らめた顔に儚く浮かんだ娘の面影を、一瞬の淡い光で包んだ。

五

お純に昼餉をと勧められたが、丁重に断り、七蔵と樫太郎は言問《こと と》いの渡しから橋場町《はし ば ちよう》へ渡った。

真崎稲荷《ま さき いな り》のある隅田川堤の料理屋にあがり、評判の真崎田楽《でんがく》で昼飯を食った。

七蔵と樫太郎は、橋場町へきたとき、しばしばこの料理屋に寄った。

数寄屋風の料理屋の前に、昼になって陽が射し始めた隅田川の美しい眺望が開けていた。うっすらと霞《かすみ》をおびた対岸には、木母寺や水神、隅田村の集落、そして、はるか上流の隅田川に流れ入る、綾瀬川《あや せ がわ》の河口あたりまで見わたせた。

「旦那、お豊の一件と正五じいさんとはかかり合いがなさそうなのに、正五じいさんの話を訊きにいくのは、やっぱり何か、怪しいと思えるような、気になることがあるからですか」

樫太郎が、味噌田楽の昼飯で空腹を満たしながら、ふと、合点がいかぬふうに箸を止めて訊いた。

「樫太郎はどうだい。お純の話を聞いて、腑《ふ》に落ちたかい」

七蔵も箸を止めて言った。

ううん、と樫太郎はうなった。

「お純さんが、昔馴染みの正五じいさんが暮らしに困っているから金を用だてるのは、心がけの優しい刀自だなと思いました。お金持ちだから、そこまでできるんだなって。だから、お文の疑うような強請りじゃないのは、確かだと思います。けど、腑に落ちたかって訊かれると、正五と昔馴染みというだけで、そんなにしてまで同情するのは、どうしてだろうって気もします。正五じいさんは、お純さんの用だてた金で呑み食いしたり、賭場で使っていたんでしょう。お純さんは、別にそれに驚いた様子を見せませんでした。なんだか、仕方がないと諦めているみたいに見えました」

「おれにも、似たようなことが引っかかるのさ」

七蔵は、霞をおびた川向こうの木母寺周辺の景色を眺めた。

「お豊は寮でお純と暮らしていた下女だ。お純の心がけの優しさは、樫太郎よりもわかっていたんじゃねえか。寛容な心がけとか、人を憐れみ同情する心とか、お純がそういう気だてだったことをだ。樫太郎も今日、お純と初めて会ったのに、そう思ったじゃねえか」

「そうですね。お豊はわかっていたでしょう」

「だが、お豊は、お純が正五に金をわたしているのは、強請られているからだと思った。どうしてそう思ったのかね。たぶん、お豊はお純が正五に金をわたすときの様子に、不審な何かを感じたんだ。きっと、昔馴染みへの憐れみや同情だけじゃねえ何かをだ。それに……」

と、七蔵は続けた。

「お純は、正五に金をわたしているのを、人に話してはならねえとお豊に口止めをした。お純は、それが隅之江の主人の倅に知られ、倅にあれこれと訊ねられて事情を話すのは面倒だと言った。だが、本当にそれだけの理由かいって、気にかかるのさ。お豊殺しと正五とはかかり合いはなさそうだが、人にはどうにもならねえ定めが、この一件には妙にからみ合っているように思えるのさ。おれの場合は余計な気を廻している。本当にそれだけだがな」

「そうか。なんだか、あっしも正五じいさんの話を、聞きたくなってきました。旦那、早くこいつを食っていきましょう」

樫太郎は、味噌田楽の昼飯に再び勢いよくとりかかった。

真崎稲荷の料理屋を出て、薄陽の射す橋場町の往来を浅草のほうへとった。四半刻後、吾妻橋と浅草広小路の大通りに出て、人の賑わう広小路の茶屋町と雷門あたりをすぎ、東仲町と田原町二丁目の角を南へ折れた。

正五の住む吉兵衛店は、田原町一丁目の九尺二間《くしやくにけん》の貧しい裏店だった。町の南側の往来を隔て、三島明神《みしまみようじん》の小さな境内がある。

吉兵衛店の狭い路地に、軒の影が落ちていた。

「ごめんよ。正五さんはいるかい」

建物が傾いて壁との間に隙間のできた腰高障子ごしに、樫太郎が声をかけた。

声はかえってこなかった。破れ障子の穴から店の暗がりがのぞけた。

そこへ、隣の店の女房が顔を出し、町方の黒羽織の七蔵を見て、恐縮したように身体を縮めた。

「ここは正五の店だな。正五は留守かい」

七蔵が訊くと、女房は恐る恐るこたえた。

「正五さんはわかりませんが、お藤《ふじ》さんはいます。耳も遠くなって、今は身体を悪くして……」

「かみさんは、お藤っていうのかい？」

「へえ。正五さんのおかみさんです」

七蔵は樫太郎を目で促《うなが》した。

樫太郎が、片引きの腰高障子を音をたてて無理やり引き開けた。

七蔵と樫太郎は、干からびたごみ溜のような臭いのこもった土間へ入った。

薄暗い店に目はすぐ慣れた。土間続きの四畳半に粗末な布団が敷いてあり、向こう向きに寝ている人の乱れた白髪が見えた。

「休んでいるところを済まないが、ちょいといいかい」

樫太郎が大きな声をかけた。

「は、はい」

と、まるで薄暗がりがこたえたかのような覚束ない声がかえってきて、病人がゆっくりと、つらそうに上体を起こした。

白髪が肩に垂れて、痩せ衰えた老婆だった。頬はたるみ、首筋に皺がいく筋も見えた。力なく口を開け、空《うつ》ろな、悲しそうな眼差しを七蔵へ向けてきた。

正五の病気の女房の診療代と薬代がかさむときは二両とか三両と、お純は言っていた。枕元に土瓶と湯呑、薬袋があった。

七蔵の胸が、かすかに軋んだ。

「起きなくていい。寝ててくれ」

七蔵は言ったが、お藤は聞こえたのか聞こえないのか、布団の上で七蔵に辞儀をしようとした。

「お藤、正五のかみさんだな」

お藤に顔を近づけ、声を張りあげた。

お藤は頷き、薄汚れた寝間着の襟元をなおす仕種をした。

「正五に御用があってきたんだ。と言っても、心配するようなことじゃねえ。ちょいと訊いて確かめたいことがあるだけだ。正五は仕事で出かけているのかい」

お藤は「はい」と、また消え入りそうな声で言った。

七蔵は部屋をそれとなく見廻した。

絵師、戯作者、などとお純が言った趣は、黒ずんだ屋根裏の梁の見える部屋にはなかった。目ぼしい暮らしの家財道具などはなく、老いて衰えたお藤は、粗末な店に捨てられたごみのように横たわっていた。

「仕事は、しておりません」

苦しそうに、お藤は言った。

「東仲町の三木屋《みき》という酒場に、いると思います。いつも、そこですから……」

「亭主は、昼間から酒場にいるのかい」

病気のかみさんをほったらかして、と言いかけたが、口には出さなかった。

「そうかい。三木屋をのぞいてみよう。寝ているところを起こして、済まなかった。亭主が入れ替わりに戻ってきたら、こっちも三木屋をのぞいたあと、また戻ってくるから、出かけずにいるようにと、伝えてくれ」

するとお藤は、うな垂れたまま、かすれ声で言い添えた。

「あの、三木屋におりませんでしたら、大松寺の賭場に、おります。ほかにいくところは、ございません」

「わかった。そっちものぞいてみよう」

七蔵は樫太郎を促し、路地に出た。

路地には住人が出ていて、町方がわざわざ何事だいというふうに、七蔵と樫太郎を見送った。吉兵衛店の住人の間を抜け、路地を東仲町へ戻る通りに出たところで、樫太郎が我慢しきれないといった様子で言った。

「あのおかみさんは、亭主の正五がほかにいくところはないって言ってましたけど、もしかしたら、隅田村の隅之江の寮を訪ね、お純さんから金をもらっていることを、聞かされていないんじゃありませんか」

「それはどうかな。歳をとって仕事もしていない亭主が、呑み代や博奕を打つ金や、医者の診療代や薬代をどうやって都合をつけているのか、気づかないとは思えないが……」

「ああ、そうか。それもそうですね。あの暮らしで、気づかないはずがありませんよね。それにしても、おかみさんはずいぶん歳をとって、弱っていましたね。あんなに弱ったばあさんをほったらかして、よく酒場で呑んでいられますよ。酒場じゃなきゃあ、博奕なんでしょう。正五じいさんはどうかしてます。頭がおかしいんじゃありませんか」

樫太郎が苛だたしげに言った。

東仲町から、広小路の賑わいへ出る手前の小路を折れた。

午後のまだ日の高い小路に、人通りは多かった。その人通りの先に、酒亭の《三木屋》の軒行灯が見えた。

表戸の引違いの格子戸を開けると、存外広い店土間に、長腰掛が竈《へっつい》を囲むように並んでいた。竈には茶釜がかかっていて、薄い湯気がゆらめいていた。

昼がすぎて夜の賑わいまでの刻限で、暖かい店土間に客の姿は、二人連れが二組と、ひとりで呑んでいる五人だった。

二人連れの二組は竈のそばの長腰掛にかけ、いずれも中年や若い男で、年寄りは竈から離れた長腰掛で呑んでいるひとりだけだった。年寄りは、股引に素足の片方を長腰掛に載せ、片方の爪先を土間の汚れて黒ずんだ草履につき、貧乏ゆるぎをしていた。

傍らの盆にはちろりと杯に、肴の小鉢が見えている。

店土間の奥に流し場と調理台のある調理場があり、年寄りは、着物に襷をかけ前垂れを垂らした店の男と、嗄《しやが》れ声を機嫌よく交わしていた。

すでにだいぶ酔っているのがわかる赤ら顔だった。

歳は六十代の半ば、白髪頭は髷が結えないぐらいで、歯はぼろぼろ。顔はしみだらけの、よぼよぼの皺くちゃじいさんで、と田賀順右衛門が言った顔がそこにあった。正五だとわかった。

店の男が、町方の定服と手先ふうの若衆に気づき、あ、というふうな目を寄こした。正五は気づかず、濁った笑い声をまき散らした。

「お役目、ご苦労さまでございやす」

と、店の男が神妙な顔つきを見せたので、正五が笑い顔のまま、傍らにきた七蔵と樫太郎をふり仰いだ。手に持った杯から酒がこぼれ、垢染《あかじ》みた股引の膝や土間にしたたった。

「吉兵衛店の正五だな。北の御番所のもんだ。ちょいと話が訊きてえ」

七蔵は言ったが、正五は呆然とした顔つきになった。あんぐりと開いた口の中に、まばらになった黄ばんだ歯が見えていた。

「亭主、御用だ。ここを借りるぜ」

「どうぞ」

亭主がこたえた。竈のそばの二組の客が、七蔵が刀をはずし、隣の長腰掛にかけて正五と向き合い、樫太郎が七蔵の背後に立ったのを見ていた。

「なんだ？　おれは町方なんぞに、用はねえぜ」

正五が不快を露《あら》わにした。

「おめえに用のねえのは、わかっているよ。御用はこっちにあるんだ。しょっ引きにきたんじゃねえ。話が訊きてえだけだ。すぐに済む」

正五は、皺くちゃの顔をいっそう皺だらけにして、音をたてて酒をすすった。

「昼間からずいぶんと上機嫌じゃねえか。いつもここで呑んでいるのかい」

「どこで呑もうとおれの勝手じゃねえか。余計なお世話だ。おめえら、おれがここだと誰に聞いた」

「かみさんから聞いたんだ。ここだろうって」

「あの馬鹿が。どこへいったか知らねえと、言やあいいのに。相変わらず気が利かねえぜ」

正五はちろりをとり、酒をついだ。

「かみさんは具合が悪くて寝てるんだろう。そばについていなくていいのかい」

「ふん、知ったふうなことを言いやがって。おれがそばについてりゃあ、女房の具合がよくなると言うのかい。おれが病人のそばでむっつりと坐りこんでりゃあ、病人の心地がよくなるのかい。冗談じゃねえぜ。町方風情《ふぜい》が、知りもしねえ人のことに口を挟むんじゃねえ」

「口を挟むつもりはねえ。けど、長年連れ添った女房だろう。大事にしてやればいいじゃねえか。そう思っただけだ」

「おれが女房を邪慳《じゃけん》にしたって、言うのかい。若造が。おれに言わせりゃあ、おめえなんぞひよっこだ。亭主、酒がねえぜ。酒だ」

と、ちろりを調理場の亭主にふって見せた。

「正五さん、いいのかい」

「いいんだ。おれがおれの金で呑むんだ。誰にも邪魔はさせねえ。若造、おめえも呑むかい。そっちの小僧、おめえも呑め」

「あっしは小僧じゃありません。呑むためにきたんじゃありませんから、酒はけっこうです」

樫太郎は澄まして言いかえした。

「そうかい。酒場にきて、愛想のねえやつらだな。つまらねえ。酒はな、おれのおまんまなんだ。おめえらが三度の飯を食うように、おれは酒を呑むんだ。おめえらと同じだ。おれは酒を呑むから生きていけるんだ。それがおかしいかい」

正五は皺くちゃの顔を不敵に歪め、杯に残った酒をすすった。

「正五、こっちはおめえを知りもしねえってわけじゃねえんだ。だから話を訊きにきた。向島の隅田村に隅之江の寮がある。知ってるな」

「知らねえ。おれはおめえらに何も話す気はねえ。けど、訊きたきゃ勝手に訊きな。おめえらが邪魔をしなきゃあ、別にかまわねえ」

「隅之江の寮には、お純という刀自が暮らしている。お豊という下女が刀自の身の回りの世話に雇われていた。その下女のお豊が、先月、首を絞められて殺されて、隅田川に浮かんでいた。訊きてえのは、そのことだ」

「ああ、あのお豊か。可哀想な娘だ」

話す気はねえと言いながら、正五はすぐにかえした。

「お豊は二十一歳だ。娘じゃねえ」

七蔵が言うと、ふん、と笑った正五の顔つきは話したそうに見えた。

六

「寮のお純から、あんたのことは聞いた。あんたとお純は、古い馴染みだそうだな。古い馴染みというそれだけの縁で、月々、お純があんたの暮らしの要りようや、かみさんの薬代を用だてているんだろう。ここの呑み代はあんたの金だが、あんたの稼いだ金じゃねえだろう」

「それがどうだと言うんでえ。ええ？　金を用だてるか用だてねえか、お純の勝手だ。お純が用だてると言うから、おれは受けとってやっているだけさ。おめえはそれに、言いがかりをつける気かい」

正五は、亭主が運んできた新しい燗のちろりを杯に傾けた。

七蔵は正五を見つめ、やおら言った。

「正五、あんた、絵師だそうだな。それから、親がつけた名は正助だが、下沢正五という戯作者の筆名を、自分の名に使っているそうじゃねえか。正五という名が気に入ったのかい」

正五は皮が干《ひ》からびたようにたるんだ喉を、杯を舐めて震わせた。

「それもお純から聞いたのかい。おめえらのようなとんちきにはわからねえだろうが、絵師やら戯作者はな、才知と能力がなけりゃあ、なれねえんだ。おれにはおめえらにはねえ才知と能力がある。お純はそれを言ってるのさ」

「絵は描いているのかい。下沢正五という筆名の戯作は、どこの本屋で売り出しているんだい」

「今は描いてねえ。ちょいと休んで、どういう絵にしようか、どういう読本を書こうかと、考えているところさ。今におめえらとんちきでもびっくりするような絵やら読本やらを売り出すからよ。そのときまで楽しみにして待ってな」

「あんたの店に、絵やら読本やらを書いている様子はなかったな。下沢正五の名前も聞いたことはねえぜ。その才知と能力を使って、一体どこで絵やら読本やらを書いているんだ」

「ちぇ、絵とか読本はな、ここで書くんだ、ここで……」

正五は、白髪さえ少なくなり、わたげに薄《うつす》らと覆われたような頭を指差して、唾《つば》を七蔵へ飛ばした。

「おめえらみてえな、頭の中に糠味噌《ぬかみそ》しかつまってねえような町方に、わかるわけはねえんだ。才知と能力はな、突然、沸きあがってくるんだ。雷のように鳴り出すもんなんだ。そいつが沸きあがり鳴り出したら、もう当人のおれですら止められねえんだ。いいか、この酒場ででも絵は描けるんだ。血湧き肉躍る読本が生まれるんだ」

「大松寺の賭場でも、生まれるのかい」

「若造、人を舐めたようなことを言いやがると、承知しねえぞ」

「いいか、正五。あんたが自分をどう思おうと、お豊は、主のお純があんたに金をわたしていることに気づいて、あんたに強請られていると疑っていた。あんたに強請られているお純を、救いたいと本気で思っていたんだ」

「だから、町方はとんちきだって言うんだ。前にきた町方から、お豊がおれを強請りだと疑っていたと聞かされて、呆れたぜ。お豊ごときのたわ言を真に受けやがって。肝心のお豊殺しの下手人は捕まえたのかい」

「お純を救いたいと思ったお豊は、あんたの素性を探るために、あんたのあとをつけたことは知ってたかい」

「馬鹿ばかしいが、それも前の町方から聞いた。人のあとをつけたからって、お豊ごときに何がわかるってんだ。お豊はおれの素性を調べて、おれの何がわかったんでえ。おめえ、言ってみやがれ」

「あんたは、お純を強請っていた子細がお豊にばれそうになった。だから、お豊を殺した。そうじゃねえのかい」

正五は口に含んだ酒を、ぷっ、とわざとらしく吹いた。濡れた口元を、皺だらけの掌でぬぐった。

「おめえら町方はとんちきなうえに、よっぽど暇なんだな。亭主、聞いたかい。このとんちきはよ、おれが人殺しだとよ。向島のお豊殺しの下手人だとよ。だったらさっさと捕まえて、打ち首にすりゃあいいじゃねえか。お手打ちにしてくださりゃあいいじゃねえか。なあ、そうだろう、小僧」

正五は樫太郎に向いて、痩せたうなじを戯《たわむ》れに叩いて見せた。

樫太郎は口を尖がらせ、黙っていた。

調理場の亭主は、七蔵に苦笑いを見せて首をすくめた。竈のそばの客が、正五の仕種を見て、声を殺して笑っていた。

「正五、おれは捕まえる掛じゃねえんだ。心配すんな。そのうちに掛の役人がきてあんたをしょっ引き、小塚原《こづかっぱら》でその素っ首を、ちゃあんと打ち落としてくださるさ。それまで首を洗って待ってろ」

七蔵が言うと、今度は樫太郎がわざとらしく吹き出した。

「おれは掛じゃねえから、あんたがお豊を殺したかどうか、お純を強請っていたかどうか、訊きにきたわけじゃねえ。あんたに訊きてえのは、お純がなんであんたに金を用だてているのか、そこなんだ。お純は強請りだとは言わねえが、あんたに金を用だてる子細はあった。今もある。その子細を聞きてえ」

「ちぇ、呑みこみの悪いことを繰りかえし訊きやがって。いいかい。もう二度とは言わねえから、ようく聞きやがれ。お純はおれの才能に心服しているんだ。だから、おれに金を用だてると申し入れてきた。そこまで言うならと、おれは受けとってやっているんだ。おれがその気になりゃあ、お純じゃなくても、どうぞお遣いくだせえと、おれの才能に惚れこんで、用だててくれるひいきはいくらもいるんだ。おめえらみてえな血の廻りの悪い人間じゃねえ、おめえらとはできの違う人間が、いるんだよ」

正五は酒をすすった。そして、人差し指で七蔵を指差した。

「まったく、馬鹿を相手にするのは疲れるぜ。それからな。疲れついでにもうひとつ、教えてやる。お豊にはな、馴染みの男がいたんだよ。あの女は、あたしは何も知りません、身持ちの堅い女です、みてえな顔をして、その陰で、やることはやってたんだ。ちゃんと、乳繰《ちちく》り合っていたんだよ。けど、若え女だ。惚れた男のひとりや二人いたって別にかまわねえ。おめえら、新寺町あたりの新堀川端の茶屋を調べてみな。お豊が、惚れた男と逢引《あいび》きしていた茶屋が見つかるぜ。おれはな、これまで二度ばかり、お豊と男が肩寄せ合いながら、馴れた様子で浅草の、新寺町の茶屋が何軒か固まっているあたりへしけこむのを見かけたことがある。むろん、昼間だ。お豊は暗くなる前に、向島の寮に戻らなきゃあならねえ。お純にばれたら大目玉を食うからな。もしかしたら、お豊と茶屋にしけこんでいたその男が、お豊殺しの深い事情を知っているかも、しれねえぜ」

やはりそうか……。

七蔵は思った。

「新寺町の、どこの茶屋だ」

「おめえ、野暮《やぼ》な男だね。若え女と男だ。どういう間柄かぐらい、見りゃあわかるんだ。女と男がどこの茶屋へ入るのかとあとをつけて、それを確かめて、おめえは面白《おもしれ》えのか。みっともねえ男だ。こっちはそんな野暮じゃねえんだ。新寺町の茶屋を一軒一軒廻って、てめえの足で調べてみやがれ」

「お豊の相手は、どんな男だった」

「人を強請りだ女殺しの下手人だ、などと的はずれをほざく前に、肝心要《かなめ》なことを調べやがれ。けどまあ、とんちきに生まれついたおめえらが気の毒だから、教えてやろう。男の名前は知らねえし、後ろ姿しか見てねえ。だが、たぶん男は、隅之江の手代だ。隅之江のお仕着せを着ていやがった。背の高い、いい身体つきの男だったぜ。あの男なら、お豊の細っ首を、くいっとひとひねりにできるだろうな。もしもそうなら、お豊は惚れた男に首を絞められ、うっとりして、あの世へいったに違いねえぜ」

正五は七蔵を嘲《あざけ》るように肩をゆすって笑い、酒の雫を膝にこぼした。

「ああ、もったいねえもったいねえ。ほかになんぞ訊きてえことが、あるかい。なかったら帰りな。帰って、てめえらの勤めをしっかり果たしな。おれはもう一杯やって、これから出かけなきゃならねえ用があるからよ」

「その話は、前にきた町方にもしたのかい」

「訊かれもしねえのに、なんでわざわざこっちから言わなきゃならねえんだ。おめえら町方はいつもそうだ。何をやったかじゃなくて、恰好さえつきゃあ、それで勤めを果たした気になっていやがる。まったく、性質《たち》が悪いったらねえぜ。お豊の馴染みの男を知らねえかと訊かれたら、斯《か》く斯く云々《しかじか》と教えてやったのによ。これもついでに言っとくが、主のお純に告げ口するほど、おれは野暮じゃねえからな」

「正五、大松寺の賭場へいくつもりか。一々賭場をとり締まりはしねえが、いい加減にして女房のところへ帰ってやれ。自分をよく見てみろ。あんたは、ろくでなしのぼろぼろのじじいだ。ろくでなしの亭主に、女房のお藤は散々苦労させられたんだろう。病気のときぐらい、そばにいて看病してやれ。せめてそれぐらいのことはしてやれ」

「うるせえ。他人にかまうんじゃねえ。てめえのけつの穴を拭いてろ」

その夜、正五が大松寺の賭場を出て、田原町一丁目と三島明神との境の小路に差しかかったとき、真夜中の九ツをすでに廻っていた。

夜更けの冷えこみは厳しく、正五は突袖《つきそで》に身体をすぼめ、歳をとって近ごろ急に足下が覚束なくなった歩みを、「ああ、寒い寒い」と、それでも懸命に運んでいた。

右手に三島明神の境内の暗闇、左手は田原町一丁目の寝静まった町家で、小路をもう少しいった先を田原町へ折れ、また少しいったところに吉兵衛店の路地へ入る木戸がある。

今夜の賭場はついていて、正五の懐は珍しく温かかった。

昼間、妙な町方にからまれてけちをつけられたと思ったが、大松寺の賭場にいくと、思いのほかにつきが廻って、ここぞと大きく勝負をしたときは、ことごとくいい目が出た。

あの町方、存外いいつきを持ってきやがったじゃねえか、悪くねえぜ、と上機嫌で夜更けまで遊び呆《ほう》け、滅多にない心地よい重さになったつばくろ口を、懐にねじこんでの戻り道だった。

どんなもんだい、おれがその気になりゃあこれぐらい朝飯前さ。若えときは二晩も三晩も寝ずに賭場に居続けたが、今はもう駄目だ。身体が持たねえ。この続きは明日だ。明日はこの金を、二倍三倍にしてやるぜ……

などと、夜更けの寒さに震えながら、はや気持ちは明日の賭場に向いていた。

そのとき、暗がりの前方からいきなり声がかかった。

「じいさん。今戻りかい」

「うん？」

正五は歩みをとめ、前方の暗がりを透かし見た。

三島明神の瑞垣《みずがき》の陰から、正五のゆく手に人影が起きあがったのがわかった。

正五は、起きあがった人影が、身体を左右にゆらしつつ、ゆっくりと近づいてくるのを見守った。それが誰かは、暗くて定かではなかった。

「誰だ」

正五は質した。

すると、影はおくびをもらすような、気色の悪い笑い声をたてた。

「おめえ、富太郎《とみたろう》か？」

影はこたえず、気色悪く笑い続けた。

富太郎に間違いなかった。骨太の肩をいからせた身体つきに、見覚えがある。

菊屋橋から西の新寺町と周辺を、よくうろついている地廻りだった。柄の悪い破落戸だった。

やっかいなやつに会っちまった。なんでこいつが、この刻限にこんなところをうろついていやがる、と思った。

「なんか用かい、富太郎」

正五は、暗がりで顔つきのよくわからない富太郎に言った。

富太郎は、ふむ、と犬のようにうなった。

「用がねえなら、おれはいくぜ。寒くてかなわねえ。風邪を引いちまう。おめえも用心しろよ」

「今夜は、ばかについてたじゃねえか。じいさん」

正五のゆく手をはばむように、富太郎が口を開いた。

「ああ？　おめえも賭場にいたのかい」

「いたさ。すぐにあり金をすっちまって、じいさんのつきのよさを、指を咥えて見てるばかりだったがな」

「そうかい。そいつあ、残念だったな。博奕だ。負けるばかりじゃねえ。勝つときもある。まあ、次はしっかりやりな」

いきかけた正五の前へ、骨太の富太郎の身体が踏み出した。

「なんだい、てめえ。なんぞ用があるのかい。用があるなら、さっさと言いな」

「いいや。じじいに用なんぞねえ」

「用はねえのかい。なんでえ」

富太郎をよけていこうとすると、また正五のゆく手をふさいだ。

こいつ、と思ったとき、富太郎が暗がりの中に笑い声を引きつらせた。

「じじいに用はねえが、おめえの懐の金に用があるのさ」

「てめえ……」

正五は一歩退った。

「じじい、噂に聞いたぜ。向島のどっかに、金づるがあるんだってな。いい身分じゃねえか。だったら、懐の端金《はしたがね》は要らねえだろう。じじいには重くて大変だ。具合が悪くなっちまうぜ。おいていけ。おいていけば、ここを通してやるぜ」

「くそが。けちな追剝を、働く気かい。おめえなんぞに恵んでやる金はねえ。そこをどけ。いい加減にしねえと、人を呼ぶぜ。ここは江戸の町中だ。呼べばすぐに人がくるぜ」

富太郎が一歩二歩と踏み出し、正五はそれに合わせて退った。だが、足がもつれた。富太郎は懐の得物《えもの》に手をかけているふうだった。

「呼べよ、じじい。くたばり損ないが、思いっきり助けを呼びな」

富太郎が迫ってきた。

後退る正五の足がもつれ、よろけた。倒れまいと身体を支えた。咄嗟に身をひるがえして逃げた。逃げながら、

「追剝だ」

と、叫んだが、それは言葉にならなかった。

身をひるがえした途端、目の前に立ちはだかる黒い影に、袈裟懸《けさがけ》を浴びたからだ。同時に、傍らからも打ち落とされた一刀に頭蓋《ずがい》を割られた。

一瞬で気が遠くなって、かすかな叫び声がもれただけだった。

正五は頭を抱え、膝からくずれ落ちて仰のけに横たわった。

何が起こったのかよくわからないくらい、束の間の出来事だった。

店に帰って早く寝なきゃあ、と起きあがろうとした。

ただ、寒くはなかった。痛みも、苦しみも、悲しみもなかった。誰かが懐を探っていたが、そんなことはどうでもよかった。そのとき、お藤とお純の顔が正五の脳裡をよぎった。二人とも若くて器量よしだった。

おれには才能があるんだ。今に見てろよ。

起きあがろうとあがきながら、正五はお藤とお純に言った。

七

翌日の午後を廻ったころ、三島明神境内の社の裏手の、草むらの中に捨てられていた正五の亡骸を、境内わきの小路を通りかかった住人が見つけた。

その未明、かなり強い雨が降って、正五が襲われ殺害されたと思われる小路の血などの痕跡が洗い流され、発見が遅れたのだった。

十月は南町が月番で、界隈の組合自身番の町役人が数寄屋橋の南町奉行所に届け、当番方の検視の同心が出役したのは、昼の八ツすぎだった。

亡骸が三島明神と小路を挟んだ田原町一丁目の、吉兵衛店の正五という六十六歳の年寄りで、どうやら、前夜に賭場で儲けた懐の金を狙った追剝強盗の仕業らしいというのが、周辺の訊きこみで、その日の夕刻にはわかってきた。

七蔵と樫太郎が、正五のその一件を知ったのは偶然だった。

昨日、正五から聞いたお豊が逢引きをしていた男の手がかりを訊ね、浅草新寺町新堀川端の茶屋を一軒一軒訊き廻っていたとき、新堀川に近い三島明神で昨夜追剝強盗があって人が殺されたらしい、という騒ぎを聞きつけた。

三島明神は田原町一丁目の吉兵衛店の近所だと、すぐに気づいた。

七蔵と樫太郎が菊屋橋を渡って三島明神へいったのは、未明から朝方にかけての雨と午前まで覆っていた曇り空が、午後になって雲がきれ、夕方には入り日の近い西の空が、燃えるような茜色に染まる刻限だった。

境内での町方の検視は、すでに終わっていた。追剝強盗に襲われた亡骸は親族に戻され、町方は引きあげ、いっとき、境内をとり巻いていた見物人の姿もなく、あたりは何ごともなかったかのように鎮《しず》まっていた。

三島明神の神職に事情を訊ねて、追剝強盗に襲われ命を落としたのが正五だと、そのときわかったのだった。

田原町一丁目の吉兵衛店にいくと、正五の店の前の路地に人の立ち働く姿が見え、通夜の支度が住人らの手によって進められていた。

路地の住人が、どぶ板を鳴らした町方の七蔵と樫太郎に気づき、通夜の支度を指図しているらしい家主の吉兵衛を呼んだ。

「狭くて汚い所でございます。お藤になんぞ訊きとりでございましたら、わたくしの店でお待ちいただければ、お藤を連れてまいりますが」

吉兵衛が路地に出てきて言った。

「いや。ここでいい。じつは昨日、正五に会って、ある一件の訊きこみをしたところだったんだ。正五に何があったのか、確かめにきた。吉兵衛さん、あんたの知っている限りでいい。事情を話してくれるかい」

「さようでございましたか。わたくしの知っております限りでは……」

と、昨夜の真夜中、正五が大松寺の賭場からの帰り、追剝に襲われ命を落とし、亡骸が三島明神の境内に捨てられたと思われる経緯を聞かされた。

それを聞きながら、七蔵は腰高障子を開けた店の中の、薄暗い様子を見つめていた。狭い土間にも部屋にも住人がいて、部屋の奥には白木の早桶がおかれ、線香の臭いが路地に流れてきた。

お藤が、住人らに支えられ、病を押して起きあがって、桶の前にうずくまりそうな様子で坐っている様子が見えた。

殆《ほとん》ど白髪の蓬髪《ほうはつ》を垂らし、色あせた焦げ茶の着物を肩に羽織ったお藤らしき小さな丸い背中が、まるで、早桶が火葬場へ運ばれるとき、桶の中に入れて一緒に葬ってやる、古びた小さな置物のようだった。

七蔵と樫太郎は狭い土間に入り、部屋にはあがらず、早桶に掌を合わせた。

部屋の住人が七蔵と樫太郎のための座を空けたが、白紙に包んだ香典《こうでん》をあがり端におき、「わたしらはここで」と遠慮した。

お藤が桶の前から、干からびて皺だらけの、頼りなげな、何もかもを諦めて空虚になったような顔を、七蔵と樫太郎へようやく向けた。そして、左右を人に支えられて手をついた。

「おかみさん、昨日はご亭主に会い、役にたつ話を聞くことができた。その礼を言いにきたんだ」

お藤は耳が遠いのか、「はい」と、七蔵へ置物のような首をかしげた。

隣の住人が、お藤の耳元で大声を出すと、

「さようで。あれも少しは、人さまのお役にたつことができましたか。それは、ようございました」

と、淡くかすかな声がかえし、今にも折れそうな首をようやく頷かせた。

「ご亭主のご冥福《めいふく》を、祈っているぜ」

七蔵は言い残し、樫太郎とともに路地へ出た。

吉兵衛に会釈《えしやく》を投げ、どぶ板を鳴らして木戸のほうへ戻ったとき、嘉助が早足に路地に入ってきたのと出くわした。

「おう、旦那、樫太郎……」

「親分っ」

樫太郎が驚いて言った。

「旦那、会えてようござんした」

「親分、よくここがわかったな」

「いえね。隅之江のことで、ちょいとわかったことがありやした。それだけでもまずはお知らせしたほうがいいと思っていたところ、昨日、旦那のお話にうかがいやした田原町の正五が追剝に遭い命を落とした一件を聞いたもんですから、こいつはどういうわけだと思いやしてね。もしかしたら、正五のところで旦那にお会いできるかもしれねえし、と考えて、たった今きたところです」

「こっちも、ちょうどいいところで会った。これから、よし床へ寄ろうと思っていたんだ。親分に確かめてほしいことが、新たに見つかってな。よし、親分、東仲町に三木屋という酒亭がある。食い物もある。安酒場だが、そこで呑みながら親分の話を聞かせてくれ。今、呑みたい気分なんだ」

「喜んで、おつき合いいたしやす。旦那、面白い話が聞けやした。お豊の一件、もしかしたら一気に方がつくかもしれやせんぜ」

嘉助の緊迫した目つきに、不敵《ふてき》な光が走った。

翌日の朝、七蔵と樫太郎は再び向島隅田村の、木母寺の隣にある隅之江の寮にお純を訪ねた。参詣客の姿がちらほらと見える木母寺の境内が、鶯垣ごしに見える客座敷に通され、茶菓が出た。

座敷に現れたお純は、一昨日きたばかりの七蔵が再び訪ねてきたことに不安を覚えたらしく、品のよい刀自の相貌を青ざめさせて畏まった。

そして、七蔵が一昨日、田原町の正五を訪ねてから、昨日の正五の通夜の様子までを語ったところで、お純の目は見る見る赤く潤み、あふれ出る涙が止まることなく、白い頬を伝ったのだった。

それから、お純は両掌で顔を覆い、長い間、忍び泣きを続けた。

七蔵は、打ちひしがれたお純の、深い悲しみと、すぎ去った遠い日々への悔恨や辛酸《しんさん》や苦しみや郷愁を目のあたりにし、かける言葉を失っていた。

年配の下男と下女が、どうしたのかと、お純の様子を心配して、座敷をのぞきにきたほどだった。

やがて、お純は一旦座をはずすと、涙でくずれた薄化粧をなおし、再び座敷に現れて、「失礼いたしました」と詫びた。泣きはらし赤くなった目を伏せ、

「ありがとうございました。正五さんは見栄っ張りで気位《きぐらい》の高い人でしたから、いつかはこのような災難が降りかかるのではないかと思っておりました」

と、落ち着きをとり戻して言った。

「ですけれど、わたくしどもも、歳でございます。思いもよらぬ災難ではなくても、人として誰もがゆかねばならぬ定めがございますので、悲しみはしまいと思っておりましたのに、おかしいですね。涙が勝手に出てきて、とまりません。でも、もう大丈夫でございます。正五さんには、お藤さんというおかみさんがいらっしゃるはずです。さぞかし、力をお落としでしょうね」

七蔵は、昨日のお藤の、亭主が少しは人の役にたつことができてよかった、と気丈に言った様子を伝えた。すると、お純は微笑みすら浮かべ、

「まあ、お藤さんらしい」

と、懐かしげに呟いたのだった。

「それでじつは……」

七蔵は、お純から目を離さずに続けた。

「一昨日にこちらから浅草へ廻り、正五に会って聞いた話が手がかりになって、お豊の一件がどうやら、落着に漕ぎつけそうな具合なのです。その子細を、まず

は、お純さんにお話しすべきではないかと忖度《そんたく》し、本日、うかがった次第です」

「わたくしに、でございますか」

お純は、怪訝な表情を浮かべ、訊きかえした。

八

三日がたった。

冬の十月なのに、よく晴れた暖かい日が続き、その日も青空が広がって、白い雲が浮かんでいた。

その朝、隅之江の手代の恵吉は、大番頭の増右衛門《ますえもん》に呼ばれ、使いの用を言いつけられた。

「旦那さまは、今朝は早くにご用があって、すでにお出かけです。旦那さまのお言いつけで、向島のお純さまにお届け物があります。お純さまのところだから、おまえがいってくれるかい」

「承知いたしました。すぐにいってまいります」

「お純さまは、このお届け物をお待ちなのだ。急いでいるので、船でおいき。

行徳河岸《ぎょうとくがし》に船を待たせている。辰助《たつすけ》、おまえも恵吉と一緒にいきなさい」

「へい」

と、小僧の辰助が元気よく返事をした。

「あ、大番頭さん、向島の寮にはいき慣れております。わたくしひとりで大丈夫でございますが」

恵吉は言った。

「まあ、そうなんだが、これはお純さまの特別な物らしい。万が一のことがあってはいけませんので、辰助を連れておいき」

と、仕たてたばかりの着物を仕舞ったと思われる桐《きり》の箱を、紫紺の大風呂敷にくるんでわたされた。

「わかりました。では、辰助を連れてまいります」

恵吉はこたえたが、その折りにふと、小さな疑念を覚えた。

これまでにそのようなことは一度もなかった。向島の寮のお純さまに、月々の暮らしのお手あてを届けるのは、恵吉の役目だった。お手あてのほかにも、向島の寮に大事な届け物があるときは、恵吉に言いつけられた。

と言うのも、恵吉は当代主人の父方の従妹《いとこ》の倅であった。

従妹の嫁いだ上州は前橋《まえばし》の商家が、手詰まりな事態に陥った事情があって没落し、隅之江の先代が隠居を始めたころ、先代と大女将のお純の意向で、生家を継げなくなった恵吉を、手代として雇い入れた。

恵吉が江戸に出てきたのは、二十歳をすぎてからだった。

小僧から叩きあげの手代とは違い、主人一家の親類であり、今はまだ三十歳になる前で手代の身分でも、いずれは大店の隅之江の番頭や、それ以上の役柄に就くことは約束されていた。

そういう立場もあって、向島の寮住まいをするお純に、月々の手あてを届けるなどの、商《あきな》いのことではなく、主人一家の内々にかかわる用は、大抵、恵吉が果たしてきた。その折り、恵吉はいつもひとりだった。

主筋の親類という事情のみならず、口数が少なく生真面目《きまじめ》で勤めひと筋の気質と、五尺八寸近い頑健そうな体軀をしていることもあって、恵吉に言いつければ間違いない、あるいは恵吉さんに任せておけば大丈夫、と隅之江の中で恵吉に信頼をおかぬ者はいなかった。

主人一家の内々の用で誰かを連れていくようにと言われたことが、恵吉には意外だった。それは、小僧の辰助に限らず、縁者でもない者が筋違いでは、と言いたくなるようなささやかな優越した覚えでもあった。

けれども恵吉は、そうか、とすぐに気づいた。

恵吉に縁談が持ちあがったのは、三ヵ月前の七月だった。

縁談先は、隅之江と取引があって、大店ではないものの、堅実な商いを営んでいる芝口《しばぐち》の醤油問屋だった。その長女の婿《むこ》に、と望まれた。

子供のころ、前橋の生家の家業が傾き、苦しく貧しい暮らしに耐えてきた。そんな恵吉には願ってもない、夢のような話だった。

前橋の親兄弟や自分に、救いの手を差し伸べてくれた亡くなった先代と、今は向島の寮で暮らすお純さまには、言葉につくせぬ恩があった。隅之江に恩がえしをしなければならないと心に決め、身を粉にして働いてきた。

その隅之江の取引先の店に婿入りすることは、隅之江にとっても有益だし、自分の将来も開ける。前橋の親兄弟も喜んでくれるだろう。自分を自慢に思ってくれるだろう。この縁談を断る理由など、恵吉にあるはずがなかった。

この縁談を誰にも邪魔はさせない。仮令《たとえ》、何があってもだ……

恵吉がそう思わぬ日はなかった。

縁談話は進み、結納《ゆいのう》の日どりや婚礼の日どりが決まるところまできていた。

むろん、隅之江の使用人らの間にそれは知れわたっている。

それもそうだ、と恵吉は思いなおした。

遠からず、自分は隅之江の手代ではなくなる。隅之江ほどの大店ではないが、隅之江と肩を並べる商家の主人になる立場だった。これまでの主人一家の縁者としての扱いが変わったとしても、おかしくはなかった。

むしろ、変わって当然だった。

荷物は辰助が大事そうに抱えて持ち、恵吉は辰助を従え、小網町の店を出た。

小網町の往来を、晴々とした気分で行徳河岸へ向かった。江戸川舟運の行徳とを結ぶ行徳河岸の船寄せに、大番頭さんの調《ととの》えた猪牙が待っていた。

二人が乗りこむと、船はすぐに河岸を離れ、箱崎の町家や三俣《みつまた》を右手に見て、大川に出た。青々とした朝の陽が射す紺色の大川に、冷たいけれども心地よい川風が吹いていた。

船は新大橋をくぐり、両国橋、吾妻橋へと、漕ぎのぼってゆく。

恵吉は猪牙の胴船梁にかけ、両岸の町家を眺めつつ、このような用で向島の寮へゆくことはもうなくなるのだな、とささやかな感慨にふけった。

「辰助、向島の寮にいくのは初めてだな」

恵吉は、荷物を大事そうに膝に抱え、猪牙の表船梁と胴船梁の間のさなに坐っている辰助に声をかけた。

「へい。向島のお純さまにお目にかかるのも、三年前、お店にご奉公を始めた折り、みながそろっていたところに、お純さまからお声をかけていただきました。それ以来でございます」

「三年前か。先代のご隠居さまがまだおられたころだな。お純さまにちゃんとご挨拶するのだぞ」

「へい」

辰助の前髪のほつれが、川風にゆれていた。

吾妻橋をくぐり、竹屋の渡し、寺島の渡しをすぎ、木母寺の見える水神の傍らの、《言問いの渡し》の船寄せに着いたのは半刻後だった。

冬場にしてはのどかな天気のせいか、まだ朝の早い刻限にもかかわらず、木母寺や水神の参詣客が、隅田堤にも渡し場にも見えていた。

木母寺の境内の塀に沿って、鶯垣の囲う入母屋ふうの寮へ向かった。

先月のお豊の一件があってから雇った年配の下男が、硬い顔つきで、恵吉と辰助を出迎えた。

「お純さまが、客座敷でお待ちでございます。小僧さんは勝手でお待ちを」

下男は無愛想に言った。

「では、辰助、ご用が済んだら声をかける」

恵吉は辰助から、大風呂敷にくるんだ荷物を受けとった。

辰助は下男とともに庭から勝手のほうへ廻り、恵吉はいつもどおり表戸へいきかけた。だが、店の中になんとなく人の気配が感じられ、客座敷にということは客がきているのか、と気を廻した。

表の三和土《たたき》の土間から寄付きにあがり、黒光りのする廊下に出て、次の間と客座敷にたてた襖のそばに膝をついた。

「お純さま、恵吉でございます。ご用のお荷物をお届けにあがりました」

襖ごしに、低く声をかけた。

「お入り」

お純の、落ち着いた静かな声がかえってきた。

襖をそっと引き、手をついて礼をし、それから身体を起こして客座敷に膝を進めようとしたとき、恵吉は意外に思った。

お純と、主人の由右衛門の二人が並んで端座し、次の間の恵吉を見つめていたからだ。客座敷は、庭の縁側の腰障子が閉じてあり、軒の影が白い障子に映っていた。

「あ、だ、旦那さま」

恵吉は一瞬、声がつまり、唾を呑んだ。

「今朝は母《かか》さまに用があってな。早くに店を出て、こちらにきていた。母さまの用は済んだので、おまえを待っていた。まあ、お入り」

「はい。は、はい……」

恵吉はなぜか、動揺を覚えた。

違う。何かが違う。何かがおかしい。こんなことは初めてだった。

誰かがいる。恵吉は、そのときはっきりと気づいた。

座敷へ膝を進め、襖を閉じた。それから、お純と由右衛門に向き合い、また手をついた。二人は黙って、恵吉の仕種を見つめている。

傍らの荷物の大風呂敷をとき、くるんでいた桐の箱をお純の前へ差し出した。指の震えが止まらなかった。恵吉は、二人の顔を見ることができなかった。

「増右衛門さんから託《ことづか》りました。どうぞ」

恵吉は目を伏せて言った。

「ご苦労さまでした」

お純の声が、冷やかに聞こえた。

お純の指の細い白い手が、桐の蓋《ふた》をそっとはずし、箱を開いた。

中に、白絖《しろぬめ》地らしき秋草模様の小袖が畳んであった。お純が、その布地をゆっくりとなでるように、白い手を優しくすべらせた。

「これは、亡くなった夫が持っていた小袖の一枚です。恵吉の結納が済み、婚礼の日どりが決まれば、この一枚を差しあげようと思っていたのですよ。あなたはわが倅も同様の、隅之江の縁者ですのでね」

恵吉は顔をあげ、お純と目を合わせた。それから、主人の由右衛門を見た。お純の目にも由右衛門の目にも、凍りついたような光があった。二人の眉をひそめた顔色は、かすかに青ざめているのが感じられた。

「これを今、あなたに差しあげます。今しか、これを差しあげる折りは、ないでしょうから……」

は？　とお純の言葉が解《げ》せず首をかしげた。動揺が続いていた。礼を言うべきかどうか、恵吉は迷った。

「恵吉、わたしは隅之江の主人だ。おまえから聞いておかなければならない。わたしと母さまに、話してくれるね」

由右衛門が言った。

恵吉は両膝の布地をにぎり締め、また生唾《なまつば》を呑みこんだ。

「ななな、何をで、ごご、ございますか」

声が震えた。違う、違う、恐れることはないと、自分に言い聞かせた。

お純が、恵吉を憐れむように頷く仕種を見せた。

「恵吉、お豊のことを話して頂戴《ちょうだい》。何があったの？　どうしてお豊を、手にかけたのですか？」

お純の静かな声が、恵吉の胸に氷のように冷たく突き刺さった。

「は、はい？　仰っていることが、わわ、わかりません。お豊とわたくしに、なんのかかり合いが、あると仰るので、ございますか」

恵吉は、震える声を励まし、ようやく言った。

「あの日、お豊と逢っていましたね。浅草の新堀川端の、菊《きく》屋というお茶屋で、お豊と逢っていましたね。前にも何度か、お豊と菊屋で逢っていたのでしょう。菊屋のご亭主は、菊屋のほかにも即席料理や会席《かいせき》料理などの料理屋を浅草で営んでいて、東仲町の醤油問屋さんのお得意さまでした。あなたが浅草界隈の外廻りでその醤油問屋さんへいったおり、あなたを見かけ、あなたはとても見栄《みば》えがよく、ああ、あれは小網町の隅之江の主人の親類で、今はまだ歳の若い手代だけれども、いずれは隅之江を背負《しょ》って立つ人だと、聞かされていたそうです。名前は隅之江の恵吉さんですよと……」

　口元がしびれて細かく震え、止められなかった。

　どう言うべきか、懸命に考えを廻らせたが、浮かぶのは前橋の両親の顔や、子供のころに見た郷里の景色だった。お豊の細くやわらかい首を絞めたとき、苦しそうにうめいていたお豊の顔は思い出せなかった。

　夜の隅田川原でも、月が出ていて、お豊の顔は見えていたはずだった。

　あれは夢の中の出来事だったんだと、恵吉は自分に言い聞かせた。

「違います。その恵吉さんは、わ、わたくしではございません」

　恵吉は、息苦しさから逃れるように大きく息を吐いた。

「恵吉、菊屋のご亭主は、あなたが若い女と菊屋にきたとき、すぐにあなただと気づいたけれど、誰にも言っておりません。若い男と若い女が、互いに惹《ひ》かれ合い、懇ろになり、逢いたい、一緒にいたいと望むのは、無理のない願いです。この由右衛門も、隅之江を継ぐ前、お店にお咎《とが》めがおよびかねないほどの放蕩《ほうとう》なふる舞いがあって、亡くなった先代は苦労させられました。わたくしにも、お豊と同じ年ごろのときがあり、愚かで、向こう見ずで、自分しか見えず、けれども一途《いち ず》で、あれは一体なんだったのだろうと、今でも忘れられないことがあります。あなたとお豊の間柄を知っても、わたくしや由右衛門が少しは小言《こごと》を言ったかもしれませんが、あなたはあなたであり、お豊はお豊であって、何も変わりはしなかったではありませんか」

お純は沈黙し、恵吉の昂《たか》ぶりを鎮《しず》める間をおいた。

わたしには大事な縁談があるのです。お豊のことなど、ささいな……

恵吉は、またそれを腹の中で繰りかえした。

「ですから、それは、わたくしのことではございません。信じてください、お純さま。本当なのです、旦那さま」

恵吉はうな垂れ、懸命に声を絞り出した。ここをしのがなければと思った。

「あなたは月に一度、この寮にお手あてを届けにきました。そのときにお豊を見《み》初《そ》めたのですね。歳ですね。迂闊《うかつ》にも、わたくしは若いあなたたちの気持ちに、気づきませんでした。お豊には、月に一度か二度、由右衛門に寮での近況を知らせる手紙を届けさせました。お手あてでは足りないこともあって、ときには無心《むしん》の手紙もありましたけれどね。その戻りは、暗くなる前の夕方の七ツまでに戻ってくれれば、お豊の自由にさせました。わたくしのような年寄りと、二人きりの暮らしなのです。気づまりだったでしょうから、そういうときぐらいは息抜きをさせてやろうと思っていたのです。あなたはその折りに、人目を忍んで、お豊との逢引きを重ねていたのですね。そのことで、誰もあなたやお豊を責めはしません。でもね、恵吉」

お純は言った。

「お豊の若い命を奪ったあなたは、罪を償《つぐな》わねばなりません。あなたを好いていたお豊を裏ぎったことを、詫びねばなりません。お豊のご両親を悲しませ、つらい思いをさせたことを、詫びねばなりません。そして、あなたを自慢に思い、倅が立派な商人になる日を願っていた前橋のご両親に、詫びねばなりません。それがあなたの、これからなさねばならない務めではありませんか」

恵吉の口が震え、歯が細かな音をたてて鳴っていた。自分の身体の重さに堪えかね、畳に手をついた。

ああ、重い……

恵吉は思った。

その途端、頭の中で、自分への怒りと嫌悪とあざけりと苦渋が、次々とはじけては火花を放ち、錯綜《さくそう》した。噴き出た涙が目を曇らせ、畳へ雨垂れのようにしたたり落ち始めた。

九

次の間には、七蔵と田賀順右衛門が控えていた。

二人の後ろに十手を手にした手先らが従い、嘉助と樫太郎もその中にいる。

中庭は、奉行所の中間や小者が念のために捕物《とりもの》道具を手にして押さえていた。

「萬さん、いきますよ」

と、田賀は七蔵に目配《めくば》せした。

七蔵は、今少し待ちたかった。だが、若い田賀は顔を赤くして朱房の十手を抜き、立ちあがった。そして、

「よし、いくぜ」

と自分を奮《ふる》いたたせるように言って、唇を真一文字に結んだ。

田賀には初めての捕物出役だった。ただ、隅之江の主人のたっての願いで、

「本人を必ず説得し、神妙《しんみよう》にいたさせます。御番所にお手数をおかけいたしません。何とぞよろしく、ご配慮をお願いいたします」

という申し入れを受け、従来の与力が率いる捕物出役とは違い、掛の田賀と助役の七蔵の二人で、恵吉の身柄を受けとりにいく手順になった。

田賀は座敷の襖を、勢いよく両開きにした。

座敷の三人が、次の間との敷居に毅然《きぜん》と立った田賀を見あげた。

七蔵は田賀の後ろに控え、手先らはその背後を固めるように従っていた。

恵吉は、田賀をまぶしそうに見あげた。赤く潤んだ目から、止めどなく涙がこぼれていた。やがて小さなうめき声があがり、それは、寮の店中に響きわたる悲鳴のような鳴咽《おえつ》に変わっていった。

台所では小僧の辰助が、店中に響く恵吉の悲鳴に怯えて、目を固くつむり、肩をすくめた。由右衛門とともに寮へきていた三人の手代らが、台所のあがり端にかけて、みな沈黙していた。年配の下男と下女は、竈の火を見たり、流し場で洗い物などを、これも黙々とやっていた。

誰ひとり、言葉を発しなかった。

恵吉は畳にうずくまり、頭を抱えて鳴咽した。

「恵吉、お豊殺しの一件で御用だ。観念して縛《ばく》につけ」

田賀が、声高く言った。

すると、恵吉は泣きながらも、途ぎれ途ぎれに言った。

「お役人さま、畏れ入ってございます。ですが、お縄になる前に、ご恩になったお純さまと旦那さまに、最後に、申しあげたいことがございます。何とぞ、ほんのしばしでございます。しばしのご猶予《ゆうよ》を、お願いいたします」

「黙れ黙れ。申し開きはお裁きの場でやるのが定法だ」

「申し開きではございません。お願いでございます、お役人さま。何とぞ、お慈《じ》悲《ひ》でございます」

「今さら、見苦しい。恵吉、神妙にしねえか」

「田賀さん、恵吉は観念している。最後なんだ。言わしてやりましょう」

七蔵は傍らから、勢いこんだ田賀を止めた。

「恵吉、何か言っておきたいことがあるのかい」

七蔵が言うと、恵吉は頭を抱えてうずくまったまま、繰りかえし頷いた。

「恵吉、聞かしておくれ」

お純が言った。

「は、はい……」

恵吉は身体を震わせた。

「お豊と懇ろになったのは、一年前でございます。お豊が小網町のお店にきた戻り、たまたま浅草のお得意さま廻りをする折りがあって、一緒に浅草までいったそのときでございました。お豊と懇ろになったころは、お豊とわたくしは、所帯を持とうと言い交わしておりました。わたくしはお豊と所帯を持ち、子を作り、隅之江でいつかは出世をして、と思っておりました。でも、そのように思う一方で、お豊は気だてのいい女でしたが、何か物足りない、自分の一生はこれだけなのかと、ときどき、お豊と会っているときに堪らない気持ちになることがございました」

三月《みつき》前の七月、恵吉は縁談の話を聞かされ、突如、自分の将来が、これまでとはまったく違う形で、開けるような気がした。もしかしたら、自分は、隅之江の主と肩を並べることのできる江戸の商人になれるのかもしれない。前橋の親兄弟を江戸に呼び寄せ、自分の誇らしい姿を見せることができるのかもしれないと、恵吉の胸が躍った。

恵吉は、涙を堪えるように深い息を吐いた。そして続けた。

縁談話があって、恵吉は、お豊と別れるしかないと思った。事情を話して詫びれば、きっとわかってくれると思っていた。しかし、お豊と二人きりになると、別れてくれとは言えなかった。お豊が屈託《くったく》のない笑顔を見せ、自分を信じきっている姿を見ると、どうしても言い出せなかった。

恵吉は、お豊が無性に邪魔に思え始めた。どうしてこんな狡《ずる》い自分を嫌ってくれないのだと、愛想をつかしてくれないのだと、憎らしくなっていった。

九月のあの日、浅草でお豊と待ち合わせ、茶屋にいき、やっと縁談が進んでいると打ち明けたのだった。お豊は泣いた。そうして、泣きながら言った。お腹に赤ん坊がいると……

「まあ……」

お純が堪えかねて言った。

「あの日は、夕方の七ツまでには帰れず、わたくしたちは暗くなるまで一緒にすごしたのでございます。二人でいくら語り合っても、堂々巡りでございました。わたくしは縁談をお断りすると言い、お豊を慰めたのでございます。夜更けの五ツごろでございました。隅田村まで、お豊を送っていったのでございます。隅田堤を寺島村まできたとき、川縁をいこう、少しでも寮に早く着けるからと、申したのでございます。そのときは、本当にそう思っておりました。けれど、その川縁の道で、お豊が紅猪口を出し、唇の紅をなおし始めたのでございます。月夜でございました。お豊は、艶紅がちゃんとなっているか見てほしいと言いました。なぜ今ごろと訊ねますと、お純さまにわたくしとの子細を全部お話しするつもりだと、言ったのでございます。お純さまに見苦しいところをお見せしないようにと。そのときでございました。突然、わたくしは思ったのでございます。そんなことは絶対にさせない。この縁談を誰にも邪魔はさせない。仮令、何があっても、と思ったのでございます。自分でも、なぜあんなことができたのか、恐ろしい気がいたします。けれどもあの夜、あの月の隅田川原で、わたくしはこの手で、この手でお豊と、お豊のお腹の中のわが子を……」

恵吉は、両手を目の前にかざし、瘧《おこり》にかかったように震わせた。

座敷は深い沈黙に包まれた。誰も何も言わなかった。

「田賀さん、お縄を」

七蔵は田賀の後ろからささやきかけた。

うんうん、と田賀は頷き、しかしためらっていた。

そのとき、お純が恵吉を哀れんで言った。

「恵吉、これまでよく働いてくれました。礼を言います」

すると恵吉は、堪えていた悲鳴のような嗚咽を、再び寮中に響かせ、涙をあふれさせたのだった。

隅田川のゆったりとした波間に、冬の午前の日が光をちりばめていた。

水神の傍らにある《言問いの渡し》の船寄せから、川縁の水草の間に浮かぶまがもを騒がせつつ、船は大きな流れの中へ漕ぎ進んでいった。

捕縄《とりなわ》を受けた恵吉の肩に、由右衛門は自分の羽織を脱いでかけてやった。

恵吉の前後を、得物を手にした奉行所の中間小者や手先らが厳重に固め、田賀は艫船梁にかけて、胴船梁と艫船梁の間のさなに坐った恵吉を見張っていた。

お純と隅之江の主人・由右衛門、隅之江の三人の手代、小僧の辰助は、渡し場に佇み、隅田川をくだっていく船の恵吉を見送っていた。

七蔵と嘉助、樫太郎は、お純らから少し離れた川縁にいて、やはり恵吉を乗せた船を見守っていた。

菅笠をかぶった艫の船頭が棹を突き、船が船寄せを離れるとき、さなに坐った恵吉は、渡し場のお純らへ、寂しげに頭を垂れた。恵吉の目に、もう涙はなかった。落ち着いた穏やかな様子に見えた。

お純と由右衛門と三人の手代は、船の恵吉へ深々と辞儀をかえした。小僧の辰助は、懸命に手をふって見せた。

「由右衛門……」

お純が、隅田川の彼方に小さくなってゆく船を見守りつつ言った。

「人さまのお子さま方をお預かりして、このような悲しくつらい始末になってしまいました。こうなってしまったことには、隅之江の主人であるあなたにも、負わねばならない責任があります。あなた自ら、お豊と恵吉の両親を訪ね、子細をお伝えし、詫びてきなさい」

「はい。母さま」

と、由右衛門は従順にこたえた。

七蔵には、お純と由右衛門の短い遣りとりが聞こえていた。そのとき、

「しっかりした、刀自でやすね」

と、隣の嘉助が七蔵にささやいた。嘉助にもそれが聞こえたのだ。

「あの刀自は、隅之江の跡とり娘で、養子婿を迎えて、老舗の隅之江を守ってきたそうです。養子のご亭主をたて、自分は陰に廻り、じつは隅之江を仕きってき

たやり手の女将さんと、評判だったそうです」

「ほう。そうだったのかい」

「ご亭主が亡くなってこの隅田村の寮に住まいを替えたのも、跡とりの由右衛門さんが、自分がいるとやりづらいだろうから、という配慮らしいです」

ふむ、と七蔵は首肯した。

誰も川縁から去ろうとはせず、いつまでも隅田川の彼方を見やっていた。

川縁の水草の間では、まがもが騒いでいた。

北の綾瀬川の川縁で焚火をしているらしい煙が、冬の空にゆらめいていた。

第三章　初　恋

一

上州の《あやめの権八》の手下の瓜助が、食いつめた末に盗みを働き、捕えられたのは同じ十月のことだった。

小伝馬町の牢屋敷に入牢となり、北町奉行所で始まる詮議を待つ身となった瓜助は、牢屋見廻りの同心に畏れながらと訴えた。

自分は、この九月に浅草駒形町で殺されたあやめの権八の手下だった。そのあやめの権八の手下だったときの子細について、伝えたい大事な一件がある。それを、北町奉行所の隠密廻り方同心の萬七蔵に伝えたい。

「あっしは、北御番所の夜叉萬と呼ばれ、裏街道の者なら知らねえ者はいねえ萬七蔵さまと、少々のご縁のある者でございやす。この一件は、萬七蔵さまでなければおわかりいただけねえことでございやす」

と、瓜助はぬけぬけと言った。

萬七蔵の名が出たため、牢屋見廻りの同心は捨ておけず、支配与力を通して奉行にその件を伝えた。奉行は目安方の久米信孝に指図し、七蔵は久米信孝の指示によって、瓜助に話を訊くため、牢屋敷に出向くことになった。

十一月の木枯《こが》らしが吹く、寒い朝だった。

七蔵と樫太郎は牢屋敷の当番所から、世話役の牢屋同心の案内で、鞘口《さやぐち》をくぐり、鞘土間の西二間牢の戸前口に立った。

二間牢は無宿人《むしゆくにん》らを収監《しゆうかん》する牢である。

内鞘と呼ばれる牢は、三寸角の赤松《あかまつ》材を三寸間隔に並べた縦格子で、栗材の床から四尺まで風よけの板が張ってある。囚人を収監する牢は、内鞘と土間を隔てた外側の外鞘も縦格子になっていて、二重の縦格子のほかに壁はなく、格子の隙間から四季を通じて日が射し、風は吹き抜けである。

「深川生まれの無宿者・瓜助。御用である。こちらへ」

世話役が声をかけ、「ええい」と声がかえり、獄衣《ごくい》を着けた瓜助が戸前口へかがみ腰の恰好で足を運んだ。瓜助は戸前口の傍らに、

「瓜助でございやす」

と畏まった。

月代をのばして痩せた、三十前ぐらいの男だった。無精髭がのび、寒そうに肩をすぼめて膝をさする恰好は、ひどく貧相《ひんそう》に見えた。

しかし、格子の隙間から七蔵を見あげた顔に見覚えがあった。

確かに、浅草駒形町の蕎麦屋《あやめ》の、板床の隅で酒を呑んでいた尖がった顔つきをした男らの中のひとりだった。あのとき男らは、梯子段の下に三人が固まって酒を呑んでいた。その中の一番若い男だった。

「瓜助、こちらは北御番所の萬七蔵さまだ。ご無礼があってはならんぞ。それから手短に、素早くきりあげろ。いいな」

世話役が冷やかに言い、瓜助は首を折るように頷いた。瓜助は手の甲で洟《はな》をぬぐってすすり、

「お寒い中、わざわざのおこし、畏れ入りやす」

と、七蔵を見あげたが、あのときの尖がった様子は影をひそめていた。

「おめえが瓜助かい。蕎麦屋のあやめで見かけたな」

「あの節は、桑吉と名乗って半染めの頰かむりをしておられ、まさか、御番所のお役人さまとは思いもよらず、まことに、お見それいたしやした。そちらは、同

じく、あの折りの置手拭の三太さんでございやしたね。やはり、その若さで、萬さまの御用聞をお務めの親分さんでございやしたか。このようなところで、お目にかかることになって、面目次第もございやせん」

「おれになんぞ、あやめの権八のことで伝えてえことが、あるそうだな」

「へい。畏れ入りますが、萬さまと親分さんのお二人で、お聞き願いてえのでございやす」

瓜助は、いっそう肩をすぼめて言った。世話役は咳払いをひとつし、

「では、萬さん、わたしは当番所におりますので、用が済みましたら、声をかけてください」

と、七蔵に言い残し、鞘土間を当番所に戻っていった。

「瓜助、早速、聞かせてもらおうか」

七蔵と樫太郎は、戸前口の土間に片膝をついた。

「へい。確かにあっしは、あやめの権八の手下ではございやしたが、秀や京次のような上州にいたころの手下じゃありやせん。権八が江戸へ出てきてからの、新参者でやす。あの二人ほどには、権八の世話にもなっておりやせん。ちゃんと分け前さえもらえりゃあ、それでよかったんでございやす」

「秀と京次とは、蕎麦屋のあやめにおまえといた二人の男だな」

「さようで」

「分け前とは、蕎麦屋のあやめの裏稼業の分け前か」

「権八は、泥棒宿とか、そのほかにもいろいろと物騒な仕事を、請け負ってやっておりやした。儲かりさえすりゃあ、なんだってやるという男でやすから。もっとも、あっしは秀や京次と違って下っ端の手下でやしたから、詳しいことはわかりやせんぜ。権八に、ああしろこうしろと命じられ、それを言われるままにこなしていただけで。へい」

「だが、じつはあるんだろう。わかっている何かが。でなきゃあ、おれをわざわざ名指しで呼んだりはしねえよな」

「いえね。出どころは言えませんが、ある筋から夜叉萬という凄腕の町方の評判を聞いたんですよ。北町の隠密で、お奉行さまの信頼が厚く、裏街道で名の知れた相当の悪が、夜叉萬という名を聞いただけで震えあがるとか。けど、夜叉萬の名を聞いてはいても、どんな町方か、姿形を見た悪はねえ。なぜなら、夜叉萬を見かけた悪で生きている者はいねえからとね。噓か真か、存じやせんが」

瓜助は寒さに震えながら、含み笑いを忍ばせた。

「嘘だよ。おめえは生きているじゃねえか」

「とに角、その凄腕の恐ろしい夜叉萬が、先だって駒形町のあやめでお見かけした桑吉さんだったとわかったときは、驚きやした。思わず、首と胴体がまだくっついているかどうかを確かめるために、うなじをなでたぐらいでやす」

「戯《ざ》れ言《ごと》はいいから、言いてえことをさっさと言え」

「へい。わかってますって。長くはかかりやせん。けど、まずは肝心なことを確かめておきやせんとね。そうですよね、親分」

と、含み笑いを樫太郎にじゃれつかせた。

「そこであっしは、凄腕の恐ろしい夜叉萬の旦那になら、この一件をお話ししてもいい。夜叉萬の旦那を凄腕の町方と見こんで、いいや、男と見こんで、たったひとり、あっしの話を聞いていただけるお方は、夜叉萬の旦那をおいてほかにいねえと、見こんだんでございやす」

「そうかい。で、話をする代わりにおれに何をしてほしい」

「さすが。話が早《はえ》え。こういうふうに、とんとん、と話が進むのは気持ちがいいや。じゃあ、遠慮なくお願《ねげ》えさせていただきやすとね。あっしのお願えは、この首をばっさりやるってえお裁きがくだされるのは、どうか、ご免《めん》こうむりてえんでございやす。下っ端のごみみてえな手下だったとしても、あやめの権八の手下となりゃあ打ち首はまぬがれねえ。それぐらい、あっしにだってわかりやす。けどね、旦那、あっしは罪を心から悔い、性根を入れ替えて、真っとうに生きなおしてえんですよ。あっしは生まれたときから親を知らず、深川の盛り場のごみ溜を、野良犬みてえに漁って生きてきた。あっしがこうなったのも、あっしひとりのせいじゃねえ。今はこうでも、昔は心根の優しいいい子だったんです。心根の優しいいい子をこんな人間にしたのは世間でやす。世間のせいだ。そうじゃありやせんか、親分」

瓜助はまた、樫太郎に笑いかけた。

「でやすからね。心根の優しいいい子に、もう一度、機会がいただきてえんでやす。世のため人のために、少しはお役にたてるような生きなおす機会をね。夜叉萬の旦那にならば、あっしの真っとうな心根がわかっていただけるはずだ。ですから、ここは夜叉萬の旦那にお願えするために、ご足労いただくしかねえなと、思いたったんでございやす。いかがでございやすかね、旦那」

「瓜助、そりゃあ、とんだ見こみ違いだな。おめえがどんな話をしようとも、おめえを打ち首にするかしねえかは、詮議所のお裁きの場で決めることだ。詮議役におれがいくら頼んでも、駄目なものは駄目さ。おれには無理だ」

「とかなんとか言いながら、お役人さま同士、表沙汰にはならねえところで、いろいろあるじゃございやせんか。魚心《うおごころ》あれば水心ありってことぐらい、子供だって知っておりやすぜ。ほら例の、すどってやつが」

「すど？　なんだ、それは」

「すどですよ、すど。相手にいろいろ気を廻して、頼まれてもいねえのに頼まれてやる……」

「ああ、忖度かい」

「そんたく？　すどじゃねえんですかい」

「おれは町奉行所の、一介の同心だ。買いかぶるんじゃねえ」

「そんなことねえでしょう。旦那にはお奉行さまの、夜叉萬への厚い信頼、という強《つえ》え味方がついているじゃございやせんか。旦那からお奉行さまにひと言お願いしていただき、お奉行さまのお声が詮議役のお役人さま方にかかりゃあ、黒を白と言い換えることぐれえ、お役人さま同士、なんとかなるでしょう。すどでもそんたくでも、どっちでもいいや。同じ奉行所の釜の飯を食っていらっしゃる、お仲間じゃありやせんか。ましてや、黒を白にしてくれって言うんじゃありやせん。黒を鼠色ぐれえにしてくれって、ことなんですから」

「おめえは勘違いをしているぜ。役人というものはな、前例がねえことはやらねえんだ。仮令《たとえ》、お奉行さまのお声がかかってもだ。なんでかって言うと、前例にねえことをやると、責任を自分が負わなきゃならねえからだ。責任を負わねえようにするのが、役人なんだ。おれの知る限り、あやめの権八ほどの悪の手下が、打ち首にならなかった前例はねえ。おれの見る限り、昔は心根の優しいいい子が世間に歪められて悪に染まった日には、世のため人のために役にたてるように生きなおすなんて前例はねえ」

「まったく、お役人さまときたら、てめえらのことは棚にあげて、いい気なもんですねえ。そうそう、そう言えば、夜叉萬の噂と一緒に、腐れ役人の噂も聞けやしたね。夜叉萬は悪には厳しいが、袖の下は滅法《めっぽう》ゆるいと」

「あたっているかもな。瓜助、おれも前例にねえことはやらねえ役人さ。おめえのほしいものは、やれねえ。おめえの命を間違えなく助けてやると、約束はできねえ。命と交換じゃなきゃあ話せねえと言うなら、おれがここへきたのは無駄足だった。お奉行さまにそう伝えるぜ」

七蔵と瓜助は、格子の隙間ごしに睨み合った。瓜助はつまらなそうに、唇をへの字に歪めた。沈黙が続いた。

「樫太郎、帰るぜ」

七蔵が言い、樫太郎が「へい」と即座にこたえた。

「旦那、あの夜、何があったか知りたくねえんですかい。聞きたくねえんですかい。あっしは知ってるんですぜ。常五郎のあやめの権八、女房のお夏、手下の秀、京次がどんなふうに殺られちまったか、あっしは全部、見てたんですぜ。あの場にいやしたからね」

瓜助が、追いかけるように言った。

「あの夜の蕎麦屋のあやめに、やっぱりおめえもいたのかい。仲間割れを起こして、おめえの仕業だという疑いもあったんだぜ」

「推量もそこまで間が抜けてりゃあ、笑えますね。あっしはね、冷てえ風がびゅんびゅんうなっている大川へ飛びこんで、命からがら逃げたんですぜ。あの夜、何があったかを知っているのは、あっしと、あいつだけだ……」

「あいつ？　ひとりなのかい」

「どうですかね。聞きたくねえんでしょう。仕方がねえから、腹の中に仕舞って冥土《めいど》へ持っていきやすよ」

「わかった。瓜助、おれには荷が重そうだ。これまでだ」

七蔵は立ちあがった。

「ちょっと待ってくださいよ。野暮だね、旦那。あっしが話してえって、言ってるのにさ。わかりやした。あれこれ能書きはなしにしやしょう。余計なことは言わねえ。ずばり、あっしの命であの夜の話を買うかどうか、わかりやすく、それでいきやしょう。あっしの命でその話を買える見こみがあるかねえかは、夜叉萬を男とみこんでお任せしやす」

「お奉行さまには、おめえの寛大なお裁きを頼んでやる。お奉行さまが、それにどのようなご考慮を払われるか、詮議役にどのようなお指図をなさるかは、おれからは何も約束できねえ。しかし、お奉行さまには必ず伝える。それは間違いねえ。約束する」

七蔵が言うと、瓜助は眉をひそめ、格子の隙間から七蔵を物憂げに見つめた。

木枯らしが鞘土間に吹きこみ、細かい砂や埃を巻きあげた。

瓜助は寒そうに洟をすすり、腕を組み合わせた。薄暗い内鞘の中に、四人らの寝そべっている姿が見える。

「伊野吉という指物師のじじいが、おりやす」

瓜助は言った。

二

しかし、その日の午後には、指物師の伊野吉の捕縛に出役した当番方より、伊野吉が新堀川端東光院門前の裏店から、もうひと月ほど前に引き払っている知らせが、もたらされた。むろん、引き払った先はわからなかった。

あやめの権八を始め、女房お夏、権八の手下二人、秀と京次をほんのわずかの間に葬ったのは、指物師の伊野吉だった。あれだけのことをやってのけ、町方の探索の手が迫る事態を、考えておかねばならないし、あやめの権八にかかり合った仕かえしを、受ける恐れがないとも限らなかった。

姿をくらましたのは、もっともだった。

すでに江戸からも姿をくらましている、と思われた。

瓜助の話では、伊野吉は生国《しょうごく》すらわからぬ男だった。

歳も定かではないが、五十歳を超えているのは確からしい。

この時代、五十歳を超えればもう年寄りである。倅に家業を譲り、隠居をして余生《よせい》を、という年寄りも珍しくない。そういう年齢である。

だが伊野吉は、五十を超えたその歳で、指物師の職人という表の稼業の裏に、人の始末をつけるという裏稼業があった。その裏稼業こそが、伊野吉の生業だった。瓜助は、「凄腕のじじい」と、権八から聞かされていた。

瓜助は七蔵に言った。

「蕎麦屋のあやめには、得体の知れねえ、あっしらでさえぞっとするようなやつらが、初中終《しょっちゅう》、訪ねてきておりやした。そいつらは、いつも権八と、内証でひそひそ話をやっておりやしてね。伊野吉の裏稼業は、たぶん、そういうやつらの筋から入った話でしょう。ただ伊野吉は、なんぞわけがあって、そのころは裏稼業から足を洗っていたそうでやす。江戸へ出てきて間もない権八は、同じ浅草に伊野吉という人の始末をつける凄腕の請負人がいると誰からか聞かされ、ずいぶん関心をそそられたようで。伊野吉を捜し出し、どうだい、また請け負わねえかい、と勧めたんでやす」

その折りは、伊野吉はやるともやらねえともこたえなかった。だが、今年になって、権八が谷次郎谷三郎の始末の話を伊野吉に持ちかけたとき、伊野吉はその話を受けた。

「たぶん、請負料が大きかったからでしょうね。伊野吉は引き受けたんでやす。伊野吉を初めて見たときのことは、あっしもよく覚えておりやす。五ヵ月前の、蟬《せみ》が鳴き騒ぐ夏でやした。薄気味の悪いじじいが訪ねてきやがったな、と思ったのが伊野吉でやした」

あやめの権八は、蕎麦屋《あやめ》で泥棒宿を営む傍ら、谷次郎谷三郎兄弟が仕きる花川戸町から山之宿町、金龍山下瓦町の今戸橋までの、隅田川沿いの盛り場の縄張りを狙っていた。

伊野吉は数十両の手間代で請け、見事に兄弟を始末した。

「伊野吉の手練《てだれ》の鮮やかさは、谷次郎谷三郎の亡骸をお調べになった、お役人さま方のほうがようくご存じでしょう」

瓜助が言うように、谷次郎谷三郎兄弟を手にかけた者の腕前が、尋常ではないことは、町奉行所でもひとしきり噂になった。

そして、そこまでは花川戸の広末の主人・光兵衛の差口のとおりでもあった。

ところが、谷次郎谷三郎兄弟を始末したと思われるあやめの権八自身が殺されたことで、事情が複雑になった。誰がなぜ、何があった、という疑念を残し、一件は不明のまま、はや十一月になっている。

瓜助は、伊野吉が権八を殺したわけは女のせいだと、七蔵に言った。

「伊野吉が、女に惚れやがったんですよ。五十をすぎたじじいがですよ。笑わせるじゃありやせんか」

瓜助がにやにやして語った子細はこうだった。

伊野吉は、権八の依頼を請けた谷次郎谷三郎兄弟の始末を最後に、裏稼業からきっぱりと縁をきり、足を洗って女と新たに所帯を持ち、指物師の職人ひと筋に生きる腹づもりだった。

所帯を持つことを言い交わしたのは、新堀川の岡場所《堂前》の、お三津とかいう年増の女郎だった、と瓜助は言った。

これまでの稼業で、蓄えは少しはあった。権八の依頼を請けることになり、谷次郎谷三郎兄弟の始末の高額な請負代金で、まとまった金の手に入る目途がついた。

それだけの金を手にすれば、お三津を落籍せ、女房に迎えて所帯を持ち、指物師の手間賃をあてにせずともやっていける、という算段を伊野吉はたてた。

ひょっとしたら、子供にも恵まれるかもしれない、とそんなことまで考えていたかもしれない。

ところが、権八は異様に金にしわい男だった。金への執着執念に凝《こ》り固まり、平然と嘘をつき、冷然と人の命を奪う男だった。

伊野吉の凄腕は認めていた。だが、権八は伊野吉を、まともに世間をわたっていくことのできない、おれが上手く手なずければ言いなりにできる年寄り、と見くびっていた。

伊野吉にもっともっと働かせ、谷次郎谷三郎の縄張りのみならず、浅草一の縄張りを仕きる貸元にのしあがることまで、権八は目ろんでいた。

おれの頭と伊野吉の腕があればできなくはねえ、と踏んでいた。

そんなときに、谷次郎谷三郎の始末だけで足を洗い、堅気になるなどというたわ言に権八が耳を貸すはずがなかった。

権八は手下の秀に、堂前のお三津とかいう女郎に焼を入れ、伊野吉と所帯を持つ馬鹿げた望みを捨てさせてやれ、と命じた。権八は、伊野吉に少々荒っぽい手を使ってでも、ちゃんと言って聞かせてやる腹だった。

権八は、五尺八寸を超える上背に、胸の分厚い頑丈な体軀をした男だった。

一方、伊野吉は中背の、見た目は人並みの男だった。ましてや、五十すぎの年寄りである。聞き分けがねえなら、おれの手でわからせてやるしかねえな、この道に踏みこんだら、あと戻りなんぞできねえんだと、権八は思っていた。

「ところがね、秀の馬鹿がやりすぎちまったんですよ。手加減ができねえというか、年増の女郎を半死半生の目に遭わせた挙句、息の根を止めちまいやがった。秀の知らせを聞いて、権八は呆れながらも、しょうがねえ、あとは任せろと、まだ高《たか》をくっておりやした」

伊野吉が駒形町にきたのは、堂前のお三津のことがあった翌々日の夜だった。

大川を吹きわたる風が冬を思わせる、寒い夜だった。

伊野吉がきて、板戸を開けたのは瓜助だった。

「権八は、いるかい」

伊野吉が、風の中で黒い穴のような目を向けて言ったとき、瓜助は背筋に冷たいものが走り、身の毛がよだつのを覚えた。

伊野吉は調理場の奥の内証にあがり、権八と低い声でひっそりとした話し合いを始めたが、店土間にいた秀と京次、瓜助の三人には、伊野吉が権八に何を言っているのかは聞こえなかった。

内証に灯した行灯が、長火鉢を挟んで向き合っている権八と伊野吉と、傍らのお夏の姿を、冷たげな光と影でくるんでいた。

瓜助には、二人の話し合いがこのまま静かに終わるとは思えなかった。何かが起きそうで、手が震えるほど、不気味でならなかった。

「秀兄《に》い、伊野吉のじじいは、お三津のことを、言っていやがるんですかね」

瓜助は、薄暗い調理場の奥の内証を見守りつつ、秀に声をかけた。

「知るか」

秀は内証から目を離さずこたえたが、お三津という堂前の女郎を殺した負い目が、秀をだいぶ苛だたせていた。懐に呑んだ匕首から手を放さず、文句があるならいつでも相手になってやるぜ、というかまえをくずさなかった。

「権八親分に懇々《こんこん》と言い聞かされているのさ。足を洗うなんぞと、馬鹿な考えは捨てろってな。じじいが親分に逆らえるわけがねえんだ」

と、それは京次が言った。

瓜助は、それが始まる前までは、今夜が伊野吉の最後になるかもしれねえと、ひりつくような予感を覚えていた。

権八が伊野吉を動けなくなるまで痛めつけ、自分ら三人が、楽にしてやるぜ、とかなんとか言いながら伊野吉に止めを刺す。それから、薄気味の悪い伊野吉の亡骸を捨てにいく。いやな仕事だぜ、と瓜助は考えていた。

「だからね、そんな馬鹿な、あり得ねえ、と思うようなことが実際に目の前で起こっても、悲鳴やら叫び声やら、怒鳴り声やら、慌てふためいたどたばたやらを見ても聞いても、やっぱりあり得ねえ、なんて馬鹿のひとつ覚えで思っているんでございやす。今、思い出しても、ありゃあおかしな光景だった。ほんの一瞬のことでございやした。伊野吉に蹴り飛ばされて、板戸を押し倒して表へ転がり出たとき、川風が、びゅんびゅんと耳元でうなっておりやした。けど、恐ろしいのが先にたって、寒いなんて感じる暇も、蹴られた腹が痛いと感じる暇も、ありやせんでした。伊野吉の、黒い穴みてえな目と目が合いやしてね。京次は背中から匕首で貫かれ、女みてえな悲鳴をあげやしたが、風がうなってよく聞こえやせんでした。それから、てめえがどんなふうに起きあがって、どんなふうに走ったのか、覚えちゃあおりやせん。気がついたら、大川の水の中でただもう手足をじたばたさせておりやした」

瓜助は七蔵に薄笑いを向け、なおも続けた。

三

伊野吉が東光院門前の裏店から姿を消した知らせを受けた午後、七蔵と樫太郎は浅草へ向かった。浅草御門から御蔵前の大通りをいき、昼の八ツ半（午後三時）すぎ、繁華な浅草広小路に出た。

広小路を新堀川へとった。

途中、自分の目で確かめておくため、東光院門前の伊野吉が住んでいた裏店へ遠廻りをした。

饅頭屋の小店と楊枝店に挟まれた路地の、木戸屋根の軒下にかかっている住人の名と生業を記した札が、この前きたときは五つ並んでいたが、《いの吉　指物師》と記した札が消え、四つになっていた。

木戸をくぐり、一棟の長屋が建っている路地へ入った。

路地に井戸があって、井戸をすぎた先の店だった。板戸が閉じてあり、まだ次の住人は決まっていないようだった。

七蔵と樫太郎は、東光院門前から新堀川に架かる常盤橋を渡った。

橋を渡りながら、ふと、七蔵は妙な感慨を覚え、樫太郎に言った。

「伊野吉も、この橋を渡っていたわけだな」

「伊野吉の裏店からなら、この橋を渡って堂前に通っていたんですかね」

七蔵は頷いた。

水草の枯れた川面に、西にだいぶ傾いた日が黄ばんだ光を落としていた。

「樫太郎、権八らが殺られた夜、広小路で伊野吉を見かけたのを、覚えているか」

「覚えていますよ。あっしは気づかなかったけど、旦那が伊野吉じゃねえかって言いましたよね。ということは、伊野吉はあのときに、権八らを殺った戻りだったんですかね」

「たぶん、そうだ。権八らを血祭りにあげたあとだったんだ。まさか、あの伊野吉がな……」

「あっしも、あのじいさんがまさかって、今だって思いますよ」

「確かに、伊野吉のことは妙に気にはなっていたんだけどな。何が気になったのか、じつのところ今でもよくわからねえ。わかるのは、人は見かけによらねえってことだけだ」

「本当に、人は見かけによりませんよね」

樫太郎が繰りかえした。

龍光寺門前の岡場所《堂前》の小路へ折れたのは、まだ空の明るい夕方の七ツ前だった。

小路の奥の角にある見張小屋の男が、七蔵の定服に気づき、驚いたような顔を見せた。岡場所や賭場などのご禁制の場所に、探索であれ見廻りであれ、町方が自ら足を運ぶことは、普通はなかったからだ。

話を訊くときは、自身番などの番所に呼び出した。

どぶ板を鳴らして、軒に《志乃田》の行灯をかけた見世の前にきた。弁柄格子の三畳の張見世に、女郎の姿はなかった。

腰高障子を開けて前土間に入ると、土間続きの寄付きに遣手らしき細縞を着けた年増がすぐに出てきた。

「おあがりなさ……」

と、遣手も言いかけた口を噤《つぐ》み、あら、という顔つきになった。

「ここの亭主に訊きたいことがある。御用の筋だ。亭主はいるかい」

「はい、ただ今」

遣手は慌てて内証に引っこんだ。

「旦那さん、町方がきてます。御用のお訊ねだそうですよ」

「ええっ。ま、町方がかい。御用のお訊ねって、御用改めかい」

「さあ、そんなことあっしにはわかりません。おっかない顔をして、亭主はいるかいって、言うんですから」

「ど、どうしよう」

「どうしようったって、追いかえせないじゃありませんか」

内証でひそひそと言い交わす声が聞こえ、やがて、亭主が恐る恐るという様子で寄付きに出てきた。

「へへえ」

と、亭主はあがり端の畳に、額がつくほど頭を低くした。

「お役人さま、お勤め、ご苦労さまでございます」

「志乃田の亭主だな」

「り、里景でございます」

「里景、御用改めじゃねえ。お三津という女のことを訊きにきたんだ。お三津という女郎が、ここで働いていたな」

「は、はい。おお、畏れ入りまして、ございます」

里景の声が、畏れ入って滑稽なほど震えていた。

七蔵と樫太郎は、寄付きの奥の甘ったるい脂粉《しふん》の臭いがする内証に通された。火鉢に熾《おこ》る炭火の生温かさとまじり合って、部屋は息苦しいほどだった。

だが、湯気もたたぬほどのぬるい茶が出た。

里景は七蔵と樫太郎に向き合い、肩をすぼめて坐っていた。

昼見世の客が帰るらしく、女とじゃれ合いながら階段をおりてくる声が聞こえた。遣手が、しっしっ、とたしなめている様子が、内証にいるとよくわかる。

里景はばつが悪そうに顔を伏せ、七蔵と目を合わすことなく、問われるままにこたえた。

「すると、お三津は秀という客にひどい目に遭わされ、そのときの怪我《けが》が故《もと》で命を落とした。つまり、秀という客に殺されたんだな」

「さようでございます」

「お三津のことを、町役人に訴えたのかい」

「はあ、店頭には伝えましたけれど……」

「店頭はどうした」

「秀という男を見つけ出し、償わせると、言っておりました」

秀が見つからなければ、泣き寝入りである。

見つかっても、雑魚《ざこ》なら二度と立てないくらいに痛めつけられるが、雑魚とは限らない。そうなるとやっかいだが、岡場所の女郎の命など闇から闇へと片づけられていくだけで、町方や町役人が出る幕はない。

「秀という男が、どうなったか知っているかい」

里景は、肩をすぼめて頷いた。

「秀は、あやめの権八という上州の凶状持《きょうじょうも》ちの手下で、駒形町の蕎麦屋のあやめで寝起きしており、蕎麦屋のあやめの亭主の常五郎は、じつはあやめの権八の仮の姿でございました。九月の終わりごろでしたか、仲間割れが起こったらしく、蕎麦屋のあやめで刃傷沙汰があり、あやめの権八始め、女房お夏、手下の秀と京次が無残に殺されたと、うちのお客さん方がいろいろと噂をしておりました。そうだったのかいと、あとで知りました。こんなふうに申しますと、お役人さまのお叱りを受けるかもしれませんが、仲間割れであろうとなんであろうと、わたしどもは、秀という男が殺されたと知らされ、これで少しはお三津の恨みもはらせたのかな、と思ったぐらいでございます」

「伊野吉という指物師が、お三津の馴染みだったらしいな。お三津が殺されてから、伊野吉はどうしている」

「ああ、指物師の伊野吉さんでございますか。はいはい、伊野吉さんはお三津の馴染みと申しますか、お三津を身請けしたいとまで、申しておりました。ただ、指物師の職人ごときが、どこまで本気だったか、なんとも申せません。わたしどものような小見世でも、落籍《ひか》せるとなると、そう安い値段でというわけにはまいりません。何しろ、奉公人には元手がかかっておりますので」

「お三津は、伊野吉の身請け話を知っていたんだろう」

「身請けの話は聞かされていたかもしれません。ですが、あてにしていなかったのではございませんかね。いくら馴染みのお客さんでも、伊野吉さんは風貌もさえませんし、それに歳の差がございました。お三津は三十二歳でございました。伊野吉さんは五十を超えていると思われます。そう聞いておりますし、見た目もいかにも年相応でございました。はっきり申しあげて、年寄りでございますよ。金さえあれば歳の差は埋められますが、貧乏職人の風貌のさえない年寄りでは、いくら年増のお三津でも可哀想でございます」

「すると、伊野吉のお三津の身請け話は、進んでいなかったんだな」

「落籍すも落籍さないも、正式の話になる前にお三津があんなことになってしまいましたので、わたしどもは大損害でございます。お三津の葬式代がかかるわ、その間、見世は開店休業になるわで、踏んだり蹴ったりとは、このことでございます。女郎は客をとってなんぼでございますから」

「女郎は客をとってなんぼか……」

七蔵が言うと、里景は口ぶりがなめらかになって言いすぎたことに気づき、

「いや、その、例えばの話、でございまして」

と、とり留めもなく慌て、言いつくろった。

「いいんだよ。とり締まりにきたわけじゃねえ。で、伊野吉は、お三津が殺されてからはここにはきてねえんだな」

「見かけておりません」

「伊野吉が最後にきたのはいつだ」

「最後に伊野吉さんがきたのは、確か、九月の末の……」

四半刻後、七蔵と樫太郎は堂前の小路を出て、龍光寺門前の往来を新堀川のほうへ戻っていた。往来は浅草の賑わいから隔たって、人通りは少なく、冬の夕方

の寒々とした寂寥に包まれていた。

往来は坂本町の町家と小身の武家屋敷地を抜け、新堀川の板橋を渡る。手摺もない板橋で、板橋を渡ると東本願寺裏手の池の端に出る。

板橋の手前に明地《あけち》があって、川端に柳の木が寒そうに枝を垂らしていた。

「旦那……」

板橋の袂まできたとき、女の声が七蔵に呼びかけた。女は柳の木陰に佇んでいて、細縞を着けた堂前の《志乃田》にいた遣手だった。

七蔵と樫太郎が立ち止まり、訝しげに女を見守った。

女はためらいを見せながらも、柳の木陰から七蔵と樫太郎へ近づいてきて、決まり悪げな辞儀を寄こした。小柄な、四十をすぎた年ごろの女だった。化粧がはげ、浅黒い顔色がわかった。

「さっきの……」

樫太郎が言った。

「先ほどは。あっしは沢と申します。志乃田に雇われております」

「志乃田のお沢か。どうした」

七蔵はお沢に質した。

「あっしは、志乃田の女郎たちの世話を任されております。ですから、お三津の相談にも乗っていたんです。お三津が伊野吉さんに落籍され、所帯を持とうと持ちかけられていた話の相談に……」

お沢は身を乗り出すように、また二歩、三歩、近づいた。そして、七蔵へ馴れ馴れしく手をかざす仕種をして見せた。

「聞いていたのかい」

「聞き耳をたてていたのじゃ、ありませんよ。でもね、聞こえるんです。安普請《やすぶしん》ですから。旦那が見えたときから、お三津と伊野吉さんの身請け話の事情じゃないかなって、思っていたんです」

「里景の話では、お三津は伊野吉の身請け話を、あてにしていなかったような口ぶりだったな」

「ご主人はそんなふうに仰ったかもしれませんけど、お三津は、どうしよう、どうしたらいいって、悩んでいたんです。あっしはお三津に打ち明けられて、せっかく言ってくれるんだから、伊野吉さんと所帯を持ったらいいんじゃないのって、言ってやったんです。お三津は、その気になっていたんです。なのに、伊野吉さんに、いいよって、返事をする前にあの破落戸の秀がきて、可哀想にお三津はあんな目に遭わされて……」

「それを言うために、ここで待っていたのかい」

お沢はもどかしげに頷き、七蔵にもっと何かを伝えようとするかのように、干からびた皺だらけの手をもみ合わせた。そして、

「昼見世から夜見世までの今ごろは、ちょっとの間、暇なときなんです。やっぱり、旦那にお伝えしておいたほうがいいかなって思って」

と、言いわけがましく言った。

「里景の話のほかにも、あんたの知っていることがあるんだな」

「って言うか、ご主人は隠していらっしゃるんです」

「掛茶屋で、茶でも飲むかい」

「いえ。そんなに暇はないんです。すぐに戻らなきゃあ、ご主人に小言を言われますから。長くはかかりません」

「聞かせてくれ」

三人は、古びた板橋の袂で立ち話になった。

両天秤に売物の下駄を両懸けにした下駄売りが、板橋を渡っていった。

お沢は、下駄売りを見送るわずかな間に考えを廻らし、やおら言った。

「伊野吉さんは、歳もとっているし見栄えもよくないし、不器用で口下手だけれど、でも本当に実のあるいい人なんです。じいさんって言うのは可哀想なんですけど、見た目は年寄り染みて、そりゃあ、お三津だって迷いますよ。お三津は気だてのいい女でね。あっしは、似合いの夫婦じゃなくてもいいじゃないかって思うんですよ。お三津みたいな気だてのいい女は、伊野吉さんと夫婦になって、早くこんなところから出ておいきよって、思いましたよ」

「伊野吉は、志乃田にきて、お三津が秀に殺されたことを知ったんだな」

お沢はまた、首をかしげるように頷かせた。

「お沢、伊野吉が駒形町の蕎麦屋のあやめへいき、蕎麦屋の四人を殺し、その中にお三津の敵《かたき》の秀がいた。おめえ、それを知っているんだな」

「いいえ。あっしはそんな話も噂も、聞いたことはありません。あの伊野吉のじいさんが、そんな大それたことを本当にやったんですか。だって、秀という破落戸は、身体も大きくて、おっかない男なんです。蕎麦屋のあやめの亭主も、あやめの権八とかいう上州の凶状持ちだったそうですし、女房も柄が悪く、手下も秀のほかに二、三人はいたと、噂に聞きました。そこへ、伊野吉さんみたいなじいさんが乗りこんだって、お三津の敵を討てるわけが、ないじゃありませんか。そんなこと、あり得ないじゃありませんか」

「だが、おめえは、伊野吉がやったと思っているんだな」

「見た目はくたびれて、痩せたじいさんですけど、とても力が強いって、お三津から聞いていたんです。片腕一本で、お三津を軽々と肩にかつぎあげるくらいに力があって、あれのとき、力が強すぎるからちょっと痛いって。何を考えているのか、どこを見ているのかわからないような、小さな黒い穴みたいな目をしていましてね。志乃田にき始めたころは、気味の悪いじいさんだなって思っていたんです。お酒は呑まずに、誰とも口をきかず、お三津と二階にあがって、済んだらただ黙って帰っていくんです。指物師の職人って、みんなこんなふうに薄気味が悪いのかなって、思っていたんです」

「何が言いたい」

「ですから、伊野吉さんが志乃田にきましてね、お三津が殺されたことを知ったあの日の夜に、駒形町の蕎麦屋のあやめで刃傷沙汰が起こって四人が殺され、その中に秀がいたと知ったとき、ああ、伊野吉のじいさんがやっちゃったんだねって、思ったんです。あんなよぼよぼのじいさんがあり得ないのに、伊野吉さんしか、あんなことをやる人はいないって、思えてならなかったんです」

「そのとおりだ。蕎麦屋のあやめの四人を殺ったのは伊野吉だ。町方は伊野吉を追わなきゃならねえ。伊野吉はあの夜、あやめの四人を殺ってから、東光院門前の裏店を引き払い、姿を消した。たぶん、江戸にはいねえ。おめえは知っているんだろう。お沢、伊野吉はどこにいった」

「お三津が言ってました。伊野吉さんは、天涯の孤児《こじ》なんだそうです。生まれてからずっと、親兄弟はなく、親類縁者はおらず、物心がついたときから他人としか暮らしたことはないし、いつもひとりだったと聞かされたと」

七蔵は、瓜助からもそれは聞いている。

「お三津の郷里は葛西の金町村で、生まれた家はわずかな高持の百姓でした。むずかしいことが重なり、田んぼをとられて水呑百姓になりそうだったけれど、お三津が身売りをして田んぼを全部とられずに済んだんです。家を継いだ兄さんは、お三津の身売りのお陰で高持百姓をしながら、地主さんの小作もやって暮らしているそうです。それでも、嫁っ子をもらうことになって祝言をあげたんです。けどね、お三津は兄さんの婚礼祝いに郷里へ帰らなかったんです。だって、いくら妹でも、岡場所の女郎に身を落とした女が、堅気の暮らしをしている兄さんの祝言に出るのはよくないよね、とお三津は気を廻したんです。あのとき、頼りになる人がいたから、算段すれば帰れなくはなかったけれど、結局、兄さんの祝言にも帰らなかったと言ってました」

「葛西の金町村か」

金町村は、水戸道の新宿《にいじゅく》と松戸宿《まつど》の間にある。

「郷里には、もう十五年、帰っていなかったそうです。両親も年老いて、帰りたいけれど、いろいろあって、上手くいかなくて、こんな身になって、もう自分のような女は郷里には帰れないと、お三津は諦めていたんです。伊野吉さんは、口数の少ない寂しい人だから、そうとは言いませんけれど、そんなお三津を哀れに思ったんです。きっと自分も、親やら兄弟やらがほしかったんでしょうね。お三津を落籍せ、金町村にお三津とともに帰って、所帯を持ち、親孝行をして暮らそうじゃないかと、持ちかけたんです。お三津は自分のような女が郷里に帰ったら、かえって親兄弟に迷惑をかけるからと断ったけれど、伊野吉さんは、そんなことはない、もうすぐまとまった金が入るあてがある、その金があれば、お三津を落籍せても十分残って、どこへいっても暮らしには困らないと」

「それで、お三津は心を動かされ、おめえに相談をしたんだな」

お沢は小さく微笑んで、頷いた。

「あっしが、こんなごみ溜みたいなところでくたばるより、伊野吉さんと所帯を持ったほうがずっといいじゃないの、人は見た目じゃないよ、心根だよ、情だよって。お三津は、そうねって、気乗りしないふりを見せながら、内心はとても嬉しそうでしたよ。あんなに気だてのいい女なんだから、郷里に戻って暮らす望みぐらい持ったっていいじゃないですか。なのにあんなことになっちまって、ああ、本当に可哀想な女ですよ」

その一瞬、すると、と七蔵の脳裡にひらめいた。

「お沢。もしかしたら、伊野吉は、お三津の郷里の金町村にいるのか」

「今もいるかどうかはわかりませんけど、伊野吉さんは金町村へいったはずです。お三津の両親や兄さんにも、会ったでしょうね」

「伊野吉は、せめてお三津の遺骨だけでも、郷里に帰してやろうと、金町村へいったんだな」

「志乃田のご主人は、伊野吉さんが、お三津の遺骨を郷里へ帰しにいくと言ったら、ただではわたせないって仰って。お三津には借金があるし、葬式代やらいろいろ物要りだったから、その分をいただかないとねと、伊野吉さんの足下を見たんです。伊野吉さんはあの日、十両をご主人にわたして、お三津の遺骨を持って帰りました。いいえ。お三津の借金は十両もありゃしません。葬式代だって知れていますよ。あっしは堂前の遣手になって十年です。それぐらいのことは知ってますよ。ご主人は、そんなことをやっているのを、旦那に知られたくないから、何も知らないふりをしていらっしゃるんです」

「わかった。よく教えてくれた」

「けどね、旦那。志乃田のご主人のやり方が、許せないとか、我慢がならないとか、だからお話ししたんじゃないんですよ。ただね、お三津と伊野吉さんのことがこのまま忘れられてしまうのは、なんだか気の毒じゃありませんか。伊野吉さんが気だてのいいお三津に惚れたのも、無理はないんです。たぶん、伊野吉さんが五十をすぎたあの歳になって、お三津は初めて好きになった女じゃありませんかね。そう思えてならないんです」

「伊野吉の、初恋か……」

お沢は物悲しげに頷いた。そして言った。

「伊野吉さんは、旦那みたいなおっかなそうなお役人さまに、これから死ぬまで追っかけまわされるんでしょう。あの歳で、諸国を国から国へと逃げ廻らなきゃあならないんでしょう。伊野吉さんの素性には、知らないことが沢山ありそうだけど、これだけは言えます。伊野吉さんは、お三津には情のある人でした。悪い人じゃなかった。お上にもお情けがあるなら、少しは伊野吉さんにもお情けをかけてやってくださいな。少しぐらいは、大目に見てやってくださいな。それをお願いしたかったんです」

七蔵は何も言わずお沢を見つめ、鬚《ひげ》がざらつく顎をなでた。

さて、どうするか、と考えた。

樫太郎は川端にかがみこんで、新堀川の水面を見つめていた。ほどなく、日が西の空の果てに隠れ、あたりに肌寒い黄昏《たそがれ》の気配がたちこめた。

四

暮れ六ツ半（午後七時）前、鎌倉河岸《かまくらがし》の料理屋《し乃《の》》の暖簾をくぐった。

店の座敷は、身形《みなり》のいい商家の手代ふうの客でほぼ埋まっていた。《し乃》は日本橋の大店に奉公する手代や、神田の職人の親方らが、顧客の接待、商いの用や仕事の談合などによく使う、少々値の張る料理屋である。

七蔵と樫太郎を迎えた女将のお篠《しの》は、紫紺の留袖の裾に花鳥の模様が入り、牡《ぼ》

丹《たん》に唐草の金糸《きんし》入り幅広帯を締めた艶姿《あですがた》で、奥の四畳半の部屋に案内した。女将が大黒天《だいこくてん》の墨絵をあしらった襖を引くと、

「きたきた。萬《まん》さん、樫太郎、待っていたぞ」

と、裃を羅紗《ラシャ》地の鳶《とび》色の長羽織と鼠色の袴に替えた久米が、くつろいだ様子で言った。縹色に鈴の江戸小紋のお甲と袷《あわせ》の縞羽織を着けた嘉助が、そろって七蔵に辞儀を寄こした。

「旦那、ご苦労さまでございます」

「お待ちしておりやした」

三人の前に膳はまだ出ていないが、二合銚子と杯に肴の小鉢を並べた盆がおかれている。

「先に軽く始めていたよ。これで夜叉萬組が勢ぞろいしたな。女将、少々内密な話がある。料理はそれが済んでから頼む。萬さんと樫太郎の銚子と杯は、持ってきてくれ」

「はい。承知いたしました。お酒は燗でよろしゅうございますか」

「最初は冷酒にしてくれ。浅草からここまで急いで、喉が渇いた。樫太郎はどうする」

「あっしも冷酒をいただきます。ちょっと汗をかきました」

「やっぱり若さだな、樫太郎。この冬空の下でも汗をかいたかい」

久米が笑って言った。「すぐにお持ちいたします」とお篠が退ると、久米は七蔵に向いて、笑みを消した。

「嘉助とお甲に、伊野吉の一件は話した。だが、この二人はあまり驚いたふうではない。さすがは夜叉萬組だ。腹が据わっているよ」

嘉助は、落ち着いた素ぶりを見せている。

「いいえ。あっしは今年、六十歳でやす。伊野吉は五十をすぎたばかり。あっしより十も若いんです。十年前のてめえの身を考えたら、あり得なくもねえなと、思っただけです。五十すぎのころなんて、もう歳だと口では言っても、気分は若造でしたから。あやめの権八らを片づけたのが伊野吉の仕業と聞いて、そういう男だったかと、あっしには納得できやす」

「そうか……」

と、樫太郎がちょっと呆れたように言った。

「嘉助親分より十も若いんですね。まだ若造なんだ。駒形町の一件が伊野吉の仕業だったとしても、おかしくはありませんよ。伊野吉は、駒形町の一件だけじゃなく、花川戸の谷次郎と山之宿の谷三郎の兄弟も始末したんですから、そういうのが伊野吉の生業だったんですね。恐ろしい男だな。考えただけで寒気がします」

「伊野吉の見た目は、嘉助親分よりずっと年上に見えるがな」

七蔵が言うと、

「確かに、五十をすぎたら隠居をしてもいいころ合いではありますが」

と、嘉助はのどかにこたえた。

「あたしは、昨日、江戸に戻ってきました。伊野吉の素性調べで、秩父《ちちぶ》までいってきたんです。今日の昼間、旦那にお知らせするつもりでいましたら、久米さまからお呼び出しがあって、今夜、旦那がし乃に見えるとうかがい……」

お甲が七蔵に言った。

「そうか。ご苦労だった。秩父ということは、伊野吉の郷里は秩父か」

「それが、そうでもないようなんです。伊野吉は、わからないことの多い男でした。旦那に、はかばかしいお知らせができそうもありません」

「いいんだ。おれも、伊野吉の素性が気になった理由は今でもよくわからねえ。まあ、勘が働いたんだ。こっちでも、伊野吉がどういう男か少しわかったことがある。お甲の話はあとで聞く。それより、久米さん」

七蔵は久米に向いた。

「お奉行さまも、伊野吉のことは気にしておられる。伊野吉が江戸から姿をくらましたのなら、勘定所より触書《ふれがき》をすぐに八州《はっしゅう》の代官所へ廻すように手配せよと、仰っている。お奉行さまに報告する。萬さん、今日の訊きこみでわかったことを聞かせてくれ」

七蔵は早速言った。

「伊野吉の足どりが見えてきました。伊野吉は、九月の末のあの夜、駒形町の蕎麦屋のあやめを襲って、あやめの権八、女房のお夏、手下の秀と京次を始末してから、翌日早く、東光院門前の裏店を引き払って、江戸を出ております。いき先は、水戸道の葛西の新宿《にいじゆく》から松戸への途中の金町村です」

「金町村？　葛西の金町村なら、江戸から半日と少々の旅程だな。存外近い。伊野吉はそんなところに潜伏しているのか」

「潜伏というよりも、伊野吉は金町村にいく用があったんです」

「いく用とは、伊野吉に仕事の依頼があったのかね」

「そうではありません」

仲居が酒と肴の小鉢を運んできた。

七蔵は一杯の酒を呑み乾してから、杯をおいた。

表の座敷は賑わっていた。耳障りなほどではないけれど、客の話し声や笑い声がひと夜の歓楽のときを伝えている。新たな客を迎える女将のお篠の声が、婀娜《あだ》な料理屋の風情を感じさせた。

おでんの甘い匂いが、奥の部屋にまで、そこはかとなく流れてくる。

冬場、《し乃》ではおでんを出す。久米が、《し乃》のおでんは美味いのだと、まるで自分のことのように、冬になると自慢げに言う。

今年もはや、そういう季節になった。

近所のどこかから、宴の三味線と太鼓の音が聞こえ、更けゆく鎌倉河岸界隈の夜に、かえってしみじみとした寂しさを添えていた。

七蔵の話が終わると、久米は皮肉っぽく顔をしかめて言った。

「そういうことか。頼まれもせぬのに、惚れた女の遺骨を、わざわざ届けにいったのか。しかも、惚れた弱みにつけこまれ十両までぼられて、けな気なことだ。五十をすぎた男がな。歳をとってからだと、そういうのはこじれるんだ」

それを聞いて、樫太郎が吹き出した。

お甲と嘉助も、顔がほころびるのを堪えているふうである。

「そういうもんなんだ。樫太郎にはわからんだろうがな」

久米はちょっとむきになった。

久米は四十代半ばをすぎているが、未だ独り身である。《し乃》の女将のお篠に執心《しゅうしん》しているらしいという評判は、北町奉行所では、じつは知らない者はいない。そんな自分を棚にあげて伊野吉のことを言うのが、少々おかしい。

しかし、久米はそれには気づかずに続けた。

「しかし、萬さん、伊野吉はもう金町村にはいないだろう。お三津という女の遺骨を親兄弟に届けてから、姿をくらましたのではないか」

「そうかもしれません。志乃田の遺手のお沢も、今もいるかどうかはわからないと、言っておりました。ですが、伊野吉は元もと、自分の生国さえ知らず、仮人別もない男です。東光院門前の裏店を、関所手形《てがた》も往来切手《きって》も持たず、慌ただしく引き払った。伊野吉には、金町村を出ても、無宿渡世《とせい》しか生きる道はないんです。もしかしたら、あの男は今も金町村にいるんじゃ、ありませんかね。惚れた女の、初恋の女の思い出のそばで、暮らしているんじゃありませんかね。そう思えてならないんです。久米さん、わたしを金町村へいかせてくれませんか。お奉行さまにお願いして、確かめにいかせてくれませんか」

するとと、お甲が言った。

「あたしも、旦那の仰ることがわかります。惚れた人が仮令いなくなっても、惚れた人を感じることのできる場所へいきたい。その場所へいき、惚れた人をずっと感じていたい。そういうことって、あると思います」

「確かにそうだ。ずっと遠い昔にせつない思い出のあった場所へいくと、いくら歳をとっても、遠い昔のせつない思い出が甦ってくるからな」

それは嘉助が言った。

「嘉助にも、そんな思い出があるのかね」

久米が意外そうに質した。

「ありますよ。女房のお米と所帯を持つ、ずっと前のことですがね」

嘉助が照れ臭げな様子を見せ、樫太郎は知ったふうに頷いた。

「伊野吉が金町村にいたら、どうする」

「捕えて江戸へ連れて帰り、お裁きを受けさせます。伊野吉次第で、斬ることになるかもしれませんが」

「だが、葛西は勘定奉行配下の代官所の支配地だから、江戸の町方が出役するというのは、いかがなものか」

「なら、お代官所の支配地だから伊野吉をお代官所に任せて、江戸の町方は、指を咥えて見ていなきゃならないんですか」

樫太郎が久米へ身を乗り出した。

「そういうわけではないが……」

久米はためらい、しばしの間をおいたが、「わかった」と言った。

「萬さん、金町村へ確かめにいってくるといい。明日朝、お奉行さまのお許しの書状をもらってやる。お奉行さまの書状があれば、村役人の協力が得られる。勘定奉行さまのほうには、お奉行さまから話をつけていただく。大丈夫、任せろ。金町村に伊野吉がいたら、召し捕えるか、あるいはほかの手だてになるか、それは萬さんに任せる。いついく」

「お奉行さまのお許しをいただき次第、すぐに出立《しゅったつ》します」

「そうだな。いくなら一刻でも早いほうがよかろう」

「旦那。あっしもおともしやす。五十の伊野吉に負けねえ、六十男の働きをしてみせやす。この一件は是非《ぜひ》、あっしにも手伝わせてくだせえ」

嘉助が頼もしく言った。

「嘉助親分がいれば心強い。樫太郎、親分と組め」

「承知しやした」

「旦那、あたしにもおともをさせてください。伊野吉は凄腕《すごうで》です。手勢はひとりでも多いほうが……」

お甲も言ったが、七蔵は許さなかった。

「嘉助親分と樫太郎がいれば十分だ。それに、伊野吉が間違いなく金町村にいると決まったわけではねえ。伊野吉が金町村にいたとしたら、たぶん、三日ほどで戻ってくることになると思う。その間、お甲には江戸でやってほしい調べがある。伊野吉のことじゃない」

「伊野吉とは別の一件をですか？」

「ふむ。だが、その前に、伊野吉の素性でわかったことだけでも聞かせてくれ」

お甲は頷き、話し始めた。

五

伊野吉が東光院門前の裏店に住まいを定め、浅草真砂町《まさごちょう》の指物師の親方・庄《しょう》助《すけ》の店に出職《でしょく》として働くようになったのは、七年前だった。

そのとき、伊野吉は庄助より五つ年上の四十四歳で、親方になって、弟子をとってもおかしくない年齢だった。

本来は口入屋や、あるいは知り合いなどを介して年の若い職人や徒弟《とてい》を雇うところだが、たまたま人手がなかったとき、ある日、伊野吉が、ふらりと真砂町の店に現れ、仕事をさせてほしいと申し入れてきた。

事情を訊くと、伊野吉はこんなことを言った。

自分は深川の生まれで、子供のころに親の事情で新宿の指物師の、島右衛門《しまえもん》に養子に出され、島右衛門の下で指物師の修業をし、腕を身につけた。一人前になって島右衛門の店を継ぐ約束だった。だが、島右衛門はとても吝嗇《りんしょく》なうえに、一人前になっても約束どおりに店を譲ってはくれず、自分を使用人のようにこき使い、おまけに、いずれおまえの店になるのだからと言って、ろくに給金も払ってくれなかった。

嫁をもらう話もなく、三十代の半ばまで我慢したが、我慢しきれなくなって、島右衛門の店を逃げ出した。逃げ出しはしたものの、深川の生家はすでに途絶えており、深川に戻ることはできず、仕方なく、それからは甲州道《こうしゅうどう》や成木《なりき》街道の宿場を中心に指物師の仕事を求めて、風来坊《ふうらいぼう》同然の暮らしを送ってきた。

しかし、四十をすぎたとき、ところ定めぬそのような暮らしでは、野垂《のた》れ死にもしかねない。指物師の腕には自信はある。ならばいっそ江戸に戻って、住まいを定め、店は持てないまでも指物師の腕を活かし、仕事を求めて、年老いてせめて余生を送れるくらいの蓄えを拵えようと考えた。

幸い江戸は、人の出入りが多いため、場末の裏店なら人別や宗門《しゅうもん》改めなども細かいことは問われず、この浅草の東光院門前の裏店に住まいが持てた。

仕事のほうは、口入屋の斡旋《あっせん》があればいいが、口入屋に斡旋を頼むのは住まいを探すようにはいかないので、こうして、指物師のお店を探し廻っている。

決して怪しい者ではないし、不運な廻り合わせでこんなあり様になっているが、職人ひと筋に生きてきた。自分の腕を見てもらえばわかってもらえるはずだ、と熱心に説いた。

庄助は、では試しにこれを、と仕事をやらせてみたら、確かに庄助をしのぐほどの腕前だった。庄助は、伊野吉をしばらく雇うことにした。

雇ってみると、熱心な売りこみどおり、伊野吉は真面目で腕のいい指物師の職人だった。朝六ツ（午前六時）から昼の八ツ半ころまで、一日も休むことなく通い、庄助の指図どおりに仕事をこなし、庄助はすぐに伊野吉を頼りにするようになった。

しいて不服を言えば、伊野吉は仕事を黙々と続けるばかりで、親方の庄助と殆ど言葉を交わさず、まれに仕事が終わったあとに酒などに誘っても、

「あっしは、一滴も呑めませんので」

と、一度もつき合ったことはなかった。

冗談のひとつも言わず、庄助が言っても笑いもせず、朝きて、仕事をし、ときがきたら帰ってゆく。その間、ひと言も言葉を発しないことも珍しくなかった。

親方の庄助に、愛想や愛嬌などをいっさい見せなかった。

それでも、伊野吉の打ちとけない気質に手を焼くというのではなく、同じ職人の自分らよりも気むずかしい男なのだろう、だから養子先とも上手くゆかなかったのだろう、というぐらいに思っただけだった。

そんな調子で、伊野吉は庄助の店でほぼ丸七年、地道に勤めあげた。

七年がたって五十をすぎ、いい歳になったが、職人の腕に衰えはなかった。

ただ、働き始めて四年ばかりがたったころだった。伊野吉の気になる噂を耳にしたことが、一度あった。

雷門前の茶屋町の酒亭で、伊野吉が暗いわけありふうの男と一緒のところを見かけられた。庄助に仕事を頼んだ客が見かけたもので、伊野吉はその一見恐面《こわもて》ふうだった相手に、言い諭《さと》されているような、真剣な様子だったらしい。

普段は、酒もつき合わず、融通の利かない仕事ひと筋の伊野吉が、そんな恐面と酒亭に？

と、庄助は伊野吉の以前の素性を訝しく思い、念のため、「あれは誰だね」と質した。すると、伊野吉は重たい口を開いて言った。

「断れねえ人づき合いがありやす。昔、恩になった方もおりやす。ここでは、親方のお指図どおり仕事をやっているつもりでやす。ご不審なら、お払い箱になってもいたし方、ございやせん」

「そんなつもりじゃないよ。あんたはよくやってくれている。ただ、自分ひとりじゃ済まないこともあるから、気をつけてくれないとね」

庄助はそれだけを言って、伊野吉をお払い箱にしなかった。伊野吉の職人の腕を惜しんだ。

それからまた三年近くがたち、それ以後、気になる噂は聞かなかった。伊野吉はまるで、箍《たが》に固くはまった古桶のような、いっさいの変化を拒んで、自分の存在すら消してしまうような日々を送っていた。

次に伊野吉の噂が聞こえたのは、半年ほど前だった。

庄助の昔の職人仲間が、新堀川端の堂前で、ある夜、伊野吉と出会った。伊野吉はこっちに気づかず、一軒の局見世に消えていった。あれは、だいぶき慣れている様子だったぜ、と秘め事を打ち明けるふうに職人仲間は言った。

五十をすぎた独り身の男が、岡場所で見かけられても不審ではなく、むしろ当然の行動だった。だが、あの箍に固くはまった古桶のような伊野吉にも、岡場所に馴染みの女がいて、こっそり出かけていたのかもしれないと思うと、なんとも言えぬ痛々しい感じがあった。

庄助は男同士の軽い戯れ言を装い、伊野吉に馴染みの女のことを訊ねた。

ところが、女のことに触れた途端、伊野吉の鉛色の顔が蒼黒《あおぐろ》くなり、心根の見えない小さな黒い穴を思わせる目を庄助に向け、

「おめえ、人のことはほっとけ」

と、低く冷え冷えとした声で決めつけられた。

庄助は驚き、怯えすら覚えた。

伊野吉の腹の中に、人づき合いの苦手な気むずかしい職人、というだけではな

い得体の知れない暗みを、庄助はそのとき感じた。およそ七年、伊野吉を雇ってきたが、伊野吉という男の薄気味悪さに、改めて気づかされた。

今年の夏の終わりごろ、伊野吉は庄助の店を辞めた。堂前の女の話を持ち出した一件から二、三ヵ月あとだったので、庄助は気にかけた。

けれども伊野吉は、「もう歳だ」と言うのみだったし、庄助自身、このまま素性の知れない伊野吉を雇っていて、妙なことに巻きこまれやしないかと、不安を覚えないわけではなかったから、引き止めなかった。

庄助は、お甲が伊野吉の素性を探るため訊きこみに現れたとき、伊野吉がこの九月の終わりごろに、江戸から姿を消したことは知らなかった。

「あっしは会ったこともねえが、新宿の島右衛門という指物師に訊ねれば、伊野吉の素性は少しはわかるんじゃねえかい。伊野吉の言うとおりなら、もう十五年かそこら前のことだから、今も指物師をやっているかどうか、生きているかどうかも知らねえが」

庄助はお甲にそう言った。お甲にもそのときは、駒形町の蕎麦屋の《あやめ》の権八を始めとする四人の殺しが、伊野吉の仕業とは思ってもいなかった。五十一の歳以上に老いて見えた伊野吉にできるとは、考えられなかった。

お甲は新宿へ出かけ、宿場の役人に訊ね、島右衛門は指物師の店を閉じて牛込《うしごめ》の若松町《わかまつちょう》の裏店にひっこみ、今は足腰が弱って寝たきりも同然の隠居暮らしを、老妻と送っているということを知った。

お甲は、若松町の裏店を見舞いの品を持って訪ねた。

板葺屋根の割長屋の粗末な裏店だったが、それでも二階にひと部屋があった。島右衛門は、頭頂部の周りに白髪がわずかに残っているだけの、もう髷も結えない老人だった。階段ののぼりおりが不自由なため、階下の芥《あくた》やがらくたが山積みになった部屋の片隅に寝かされていた。

それでも島右衛門は、饐《す》えた臭いを放つ汚れた布団から身体を起こし、お甲にきれぎれのしなびた声で言った。

伊野吉は、わしらには疫病神《やくびょうがみ》だった。小器用な男だったから、指物師の修業に励んで、新宿の店を継いで地道に暮らしていけばよかったものを、つまらねえ職人で終わりたくねえだとか、世直しだ、などとふざけたことをぬかしやがって、大久保あたりの物騒な浪人やら新宿の柄の悪い博徒らとつるんで、ろくに修業もしねえで、そいつらと盛り場をうろつき廻っていやがった。

大した稼ぎもできねえくせに、ふざけた若造だった。

そんな男に、大事な店を継がせるわけには、いかねえじゃねえか。修業もしねえ、親方のわしの指図にも従わねえ、そんなやつには給金だってわたすわけにはいかねえ。くる日もくる日も、金を寄こせ、おめえなんぞにやる金はねえ、と喧嘩だ。けど、不満ならいつでも出ていっていいんだぜ、と言ったら、つまらねえ職人で終わりたくねえ、世直しだ、とほざいても、ちゃんと飯が食え、雨露《あめつゆ》をしのげる店から出ていく度胸も、裁量も伊野吉にはなかった。

伊野吉が三十代の半ばになって、島右衛門の下では我慢ができず、新宿の店を飛び出した経緯を訊ねると、

「それは違う」

と、島右衛門は即座に言った。

こっちから縁をきったんだ。伊野吉が一味に加わっていた大久保の無頼な浪人や博徒らが、新宿の貸元同士の喧嘩騒ぎやら仕かえしやらに、金で雇われて乱暴狼藉《ろうぜき》を繰りかえしている、やくざや破落戸の間で死人を出していると、噂がたった。ある日、宿場役人に呼ばれて、伊野吉がこのままだとこっちの店に累《るい》がおよぶ恐れがある、今のうちに何とかしておいたほうがよかろうと、いさめられた。それでこっちも、踏んぎりがついた。

わしは呆れた。もう若造じゃねえ。三十もとうにすぎた野郎だ。ろくに仕事もねえ、見てくれは気味が悪いほどの醜男《ぶおとこ》だ。そんな男の嫁っ子になる女なんぞ、いるわけがねえんだ。

おめえは、職人の腕はあっても、親方になるうつわじゃねえ。潮どきだ。どこへなと、おめえの好きなところへいけと、わしは言ってやった。むろん、まとまった金はわたしてな。野郎は、世話になったとも、ごきげんようとも言わず、ぷいと出ていきやがった。野郎自身も、潮どきだとわかっていたんだろう。

それから、伊野吉のいい噂は聞かなかった。甲州道の高井戸《たかいど》や、堀之内《ほりのうち》のほうとか、雑司ケ谷《ぞうしがや》あたりでも見かけられて、やくざやあぶれ浪人《ろうにん》らとつるんで、風来坊みてえな、その日暮らしの渡世を送っているらしいと聞いたな。けど、こっちもほどなく、身体の具合が悪くなって仕事ができなくなっちまって、跡を継ぐ養子もいねえから、新宿の店を閉じて場末《ばすえ》のこの若松町に越して、今じゃ、ばあさんと二人、こういうあり様さ。

ろくでもねえ伊野吉なんぞを養子にしたばっかりに、本来なら、親孝行な養子が店を継いで、こっちも新宿で普通の隠居暮らしを送っていただろうに、とんだ罰あたりをつかまされたもんだと思っているよ。

お甲は、伊野吉が深川の生まれで、子供のころに島右衛門の養子になったと聞いているが、伊野吉の生まれは深川のどこなのかと訊ねた。

ところが、島右衛門はそれも即座に否定した。

それはわしのことだ。わしが子供のころに、深川から先代の親方のところに養子に出され、先代の跡を継いだんだ。伊野吉は、わしから聞いた話を、てめえの素性のようにでっちあげていやがるだけだ。伊野吉は、秩父の三峰山《みつみねさん》の村からきた人買いが売りにきたのさ。あのとき伊野吉は、三つか四つだった。両天秤の笊《ざる》に乗せられていた何人かのがきの中にまじっていた。ふと、可哀想に思ってな。それで買ったんだ。たぶん、伊野吉は捨て子かなんかだ。親兄弟も郷里も、あの野郎は、てめえのことは何も知っちゃあいねえんだ。

それから、お甲は一旦江戸へ戻り、数日後、旅支度をしてひとり秩父へ向かった。青梅道《おうめどう》の田無《たなし》村から秩父道へ分かれ、所沢《ところざわ》村、飯能《はんのう》村、秩父大宮《おおみや》にいたり、そして三峰山中へと分け入っていった。

お甲は、三峰山の村々を廻って尋ね歩いた。しかし、三つか四つの伊野吉を人買いに売った村人は見つけられなかった。もう四十七年か八年、五十年近く前のことを覚えていたり、聞いたりした人にも出会えなかった。

ただ、定かな年月はわからないものの、何十年か前、どこからか数十人の流民《るみん》が村を通りかかったことがあった、という話をある村で聞くことができた。みなが飢《う》えていき倒れになりかけており、放っておけず、村で何日か休ませてやり、食べ物を恵んでやったという出来事があった。

流民の中には、小さな子供たちもいた。

「もしかしたら、その流民の子が、どこかで人買いに売られたかもしれない。けれど、もしも村の者が流民の子を哀れに思い、子供を引きとったなら、村の者同士はみな互いにわかっているので、人買いに売るようなことは決してないと、それを話してくれた村の長老は言っていました」

ふうむ、と久米がうなって腕組みをした。

「お甲さん、伊野吉は、いつどこでどんな修業を積んで、あんな恐ろしい男になったんですか。誰に仕こまれて、ああなったんですか」

樫太郎が訊いた。

「駄目だったんだよ、かっちゃん、それもわからなかったんだよ。きっと、大久保界隈の無頼の浪人やら、斬った張ったの命知らずの博徒らとつるんでいた若いときに、誰か腕利きに仕こまれ、身につけたんでしょうけれど、今じゃ、無頼の浪人たちがたむろしていた大久保の裏店もすっかりとり壊され、躑躅畠《つつじばたけ》になっていてね。旦那、伊野吉が浅草の東光院門前に住まいを替えたころ、伊野吉らは新宿あたりのあの地元で、地元の貸元とやばいもめ事が起こったか、あるいはお上の手入れを受けたかして、新宿あたりにいられなくなり、みんな散り散りになって、江戸へ出てきたんじゃありませんかね」

「そうかもしれねえ。金町村で伊野吉に会えたら、訊いてみよう。いずれにしても、お甲、よくやってくれた。それだけわかりゃあ、十分だ」

七蔵はお甲をねぎらった。

「いいえ、旦那。御用聞は、務めを果たせてこそ一人前なんです。ここまでやりましたが、務めを果たせませんでしたじゃあ、御用聞は半人前です。嘉助親分、あたしは嘉助親分にそう教えられました」

「まあ、そうだ。だが、そうでない場合はいくらでもある。お甲、しゃっちょこばって考えることはねえ。おめえは本当によくやったぜ」

嘉助が、大らかな笑みを見せてお甲にこたえた。

六

翌日、七蔵と嘉助、樫太郎の三人が隅田川に架かる吾妻橋を渡ったのは、午前の五ツすぎだった。

七蔵は白衣に黒羽織の定服ではなく、野羽織にたっつけ袴、菅笠をかぶった旅姿である。嘉助と樫太郎も思い思いの羽織を着け、尻端折りに甲がけの、これも菅笠をかぶった旅姿に拵えていた。

七蔵は二刀とともに朱房の十手を腰に帯び、嘉助と樫太郎には、官給の十手を携えさせていた。

北町奉行小田切土佐守の東《ひがし》葛西金町村へ出役するお許しが出て、七蔵と樫太郎は八丁堀の組屋敷を半刻余前の六ツ半に出立した。室町の《よし床》に寄り、嘉助が加わって浅草へととった。

吾妻橋下流の隅田川を大川とも呼び、吾妻橋は大川橋とも言った。

よく晴れた空に白い雲が浮かび、冬の冷たい川風が七蔵の頬をなでた。

大川橋を渡って、水戸屋敷のわきより、小梅村の田面の中に延びる一条の縄手《なわて》

を用水に沿ってじばらくいくと、道の傍らに牓示《ぼうじ》があって、

《右江戸大川橋へ三十丁　左新宿《にいじゅく》松戸へ弐里《にり》》

と、記されていた。金町村は、東の水戸道新宿の先である。用水の橋を渡った南へ、市川道《いちかわみち》がのびている。

彼方に見える木々や森を眺めつつ、青空の下に広がる田畑の野径《のみち》をさらにたどり、南方に見える西光寺の堂宇をすぎ、四ツ木《よつぎ》村の二軒茶屋に着いた。

二軒茶屋の前の用水から、亀有《かめあり》村までおよそ二十八町を、四ツ木の曳船《ひきふね》が上下していた。この曳船の乗合はみな、水戸道をゆく旅人である。

三人が船に乗り、乗合が四人、五人と次々に乗りこむと、冬空に下帯と布子の半纏だけの男らが、用水沿いを綱を引き始めた。

四ツ木の田野を吹きわたる北風が、用水を引かれてゆく船の乗客へ、冷やかに吹きつけた。用水端の葉を落とした木々が、風に吹かれてかすかな忍び泣きをもらしているかのように騒いでいた。

それでも船の進みはゆるやかで、うっとりとするような、それでいて悲しげな物憂いときが、用水に流れていた。

両岸に広がる朝の景色は美しく、七蔵も嘉助も樫太郎も言葉がなかった。

やがて、曳船のはてる亀有村の船着き場に船は近づいていった。船着き場にも、林に囲まれて二軒茶屋が並んでいて、その周りに、田野の美しい眺望が広がっていた。

亀有村のこの船着き場から東の亀有村の集落を抜けると、中川《なかがわ》の新宿の渡しに出る。千住《せんじゅ》宿までは、用水の西から一里半である。

三人は曳船の船着き場へあがり、茅葺屋根の集落が軒を並べる亀有村を抜け、中川の渡し場へおりた。

川縁の小屋から渡し守が出てきて、曳船の旅人らが歩みの板より渡し船に乗りこむと、葛飾郡の野を大きくくねる中川の、流れのゆるやかなさざ波の中へと船を押し出した。

水草の間の川底を漁《あさ》っていた二羽の白鷺《しらさぎ》が、水草を騒がした船に驚いて、七蔵らの頭上を飛びたっていった。

樫太郎が菅笠を持ちあげ、空を仰ぐように二羽の白鷺を見送った。

曳船の船賃はひとり二十四銭だが、新宿の渡しの船賃は無料だった。

中川を渡り、新宿へあがった。

新宿の上宿にある川のほとりの旅店で、川面を眺めながらの遅い昼食をしたためた。中川では、秋には鱸《すずき》や鯉《こい》が獲れる。

昼食を終えると、何も話さない七蔵を促すように嘉助が言った。

「旦那、いよいよですぜ。手はずはどのようになりやすか」

「まず、村名主を訪ねて、伊野吉がまだ金町村にいるかどうかを、確かめる」

「いるとしたら、お三津の生家に世話になっているんでしょうかね」

「金町村には金蓮院《こんれんいん》という寺があるそうだ。江戸川の堤に香取《かとり》明神もある。そういうところで世話になっている場合も考えられる」

「伊野吉が、どこであろうと、金町村にまだいたら、すぐに乗りこむんですか」

樫太郎が、少し青ざめた顔を引き締めて言った。

珍しく、若い樫太郎が昼食を半分ほど残していた。気が張りつめて、飯が食えないのだろう。

「すぐには乗りこまない。どこで世話になっているにせよ、そこの人間に害をおよぼすようなことは、さけなければならねえ。上手い具合に、伊野吉をおびき出す手だてを何か考えなければな」

「確かに、伊野吉を捕えるために、かかり合いのない村人に怪我をさせるわけにはいきませんね。こいつは案外、やっかいな状況かもしれませんぜ」

と、嘉助がむずかしい顔をした。

樫太郎が、なるほどそのとおりだ、というふうにしきりに首をふった。

「だが樫太郎、まだ間がある。まずは飯を食え」

七蔵は樫太郎に笑みを向けた。

樫太郎は、急に食欲が戻った様子で鱸の甘煮に味噌汁と漬物と白飯の残りを平らげ、三人は旅店を出た。

新宿は中川端の上宿から、中宿、下宿とあって、下宿の町並みを抜け、用水を越えると、東葛西の田畑が北から南へと広がり、その田畑の間を東へのびる水戸道の彼方には金町村の集落の屋根屋根がつらなり、森や林、点在する百姓家など、はるばると開けた息を呑む景色が、晴れた大空の下に認められた。

「親分、樫太郎、いくぜ」

七蔵は嘉助と樫太郎へふりかえり、のどかな素ぶりを見せて声をかけた。

七

夜明け前のまだほの暗いその朝、金町村の南はずれの、柴又《しばまた》村にも近いお三津の生家を出た伊野吉は、江戸川の堤にあがり、白い息を吐きながら、道を南の矢《や》切《ぎり》の渡しへとっていた。

伊野吉の左手には、薄墨色に浮かぶ江戸川の大きな流れがある。

右手の金町村の集落はもう目覚め、朝の支度の煙がのぼって、灯された小さな明かりがちらほらと見えた。

ほどなく、金町村の集落は途ぎれ、帝釈天《たいしゃくてん》のある柴又村の集落の影が、夜明け前のほの暗い田畑の先に望めた。

堤の下の冬枯れた蘆荻が銀色に広がる江戸川の川原や、水草に覆われた川縁では、鴫《しぎ》や鷺、あるいは翡翠《かわせみ》の鳴き声がそこかしこから聞こえ、広い川面を矢のように飛翔する鳥影も見えた。

夜の名残りの不気味な息吹きや、鳴き騒ぐ鳥の声が、まだ人の営みを凌駕《りょうが》している冬の寒い朝だった。

金町村にきて、去りがたい気持ちが先にたち、ついついひと月以上がたった。

伊野吉は、お三津の両親と兄夫婦を訪ね、自分はこんな年寄りの指物師の職人だが、お三津を身請けし、祝言をあげた者だと名乗った。

お三津が命を落とした子細は伝えなかった。お三津は不幸にも、病を得て亡くなった、と語って聞かせた。

お三津は亡くなったが、身請けする前から故郷の金町村に帰りたい、お父んとお母んの顔が見たい、兄さんに会いたい、会ったことのない義姉さんに挨拶がしたいと、そればかりを気にして言っていた。

自分はこれでもお三津の亭主だから、わが女房の親兄弟は、亭主の自分にとっても親兄弟である。女房の望みどおりに、郷里に葬ってやるのが亭主の務めと考えて、遺骨を届けにきた。それから、

「これは……」

と、伊野吉はひとくるみ二十五両の小判を、両親と兄夫婦の前においた。

これは自分の腕で稼いだ金である。お三津は、生家の田んぼが人手にわたったことを悲しんでいた。だから、これで人手にわたった田んぼを買い戻すために役だててほしい。

これが、亭主の自分にできる女房のお三津へのせめてもの供養だと言った。

すると、驚いたようにその小判を見つめていた兄が言った。

「お三津は可愛い妹でやした。うちの田んぼが全部、人手にわたりそうになったとき、自分から身売りを申し入れて、うちの田んぼを少しでも残すことができた

んでやす。妹にうちの不幸を、全部背負わせてしまいやした。兄のおれが不甲斐《ふがい》ねえからでやす。これ以上、妹の世話になるわけにはいかねえ。何とぞこれはお仕舞いくだせえ。妹の供養は、妹を身請けし、亭主になってくださった伊野吉さんのお志《こころざし》だけで、十分でやす」

伊野吉は、いつこの金町村を出るか、決めかねていた。このままずっと、お三津の郷里であるこの村で、お三津を感じながら暮らしていたかった。

だが、それはできない。金町村に留まることはできないのだ。いずれ江戸の町方は、伊野吉の正体を探り出し、必ず追手が差し遣わされるだろう。

自分がこの村にいると、お三津の親兄弟を巻きこんでしまう。そんなことになったら、お三津が草葉の陰で嘆くだろう。

「とんでもねえことだ」

伊野吉は江戸川の堤道をゆきながら、呟いた。

伊野吉に安住の地はなく、死ぬまで諸国を逃げ廻って生きるか、あるいはどこかに身を定め、追手がきたら年貢の納めどきと覚悟を決めるか、そのどちらかしかなかった。

堤の先の、川原を冬枯れた銀色の蘆荻が覆うその川縁に、矢切の渡しの歩みの板と、杭《くい》につながれた渡し船、そして、灌木の林の間に船守小屋の藁《わら》屋根が、ぼんやりと見えてきた。

渡し場も江戸川の雄大な流れも、夜明け前のほの暗さの中で、薄墨色に鎮まっていた。水鳥の声は賑やかだが、それは少しも騒がしくは感じられず、伊野吉には、大河の吐息のようにすら感じられた。

金町村を通る水戸道は、江戸川堤につながり、江戸川沿いに北へとれば松戸の渡し、南へいけば市川の関にいたる。どちらの渡し場にも番所が設けられ、関所手形や往来切手のない者は江戸川を越えることはできなかった。

矢切の渡しは、柴又村やその近在の百姓渡しである。

江戸川の対岸に、木々に覆われた国府台《こうのだい》の岡が見える。伊野吉は菅笠をあげ、まだ紺色の墨を刷いたような空を背にした国府台の影を、見やった。

菅笠と瘦せた身体を包む縞の引廻し合羽《かっぱ》は、お三津の兄夫婦が調えてくれたものだった。その下に盲縞の着物を尻端折りに、黒の股引、手甲脚絆黒足袋に草鞋。肩にふり分け荷物の旅拵えだった。

お三津の兄は、伊野吉のわけありを薄々感じているのかもしれなかった。

どこへゆくのか、何をしにゆくのか、伊野吉に何も訊ねなかった。

伊野吉は江戸川の堤道を、川原へゆるやかにくだった。

月の消えた夜明け前の空を見あげると、伊野吉の心を映して乱れた吐息が、かすかに白く見えた。

枯れた蘆荻が伊野吉の縞の合羽の周りで、小さく騒いだ。水鳥の声が絶え間なく聞こえ、伊野吉に別れを惜しんでいた。

船守の小屋は入り口の戸がなく、焚火の小さな炎がゆらめいていた。ただ、焚火は燃えているのに、小屋の中に船守の姿はなかった。

小屋の前から、流れの中へ渡した歩みの板を見やった。

渡し船が寄せてあり、杭につながれている。

その歩みの板の先端に、人影が両膝を折ってしゃがみ、さざ波が流れてゆく川面を眺めているふうだった。

伊野吉は、人影が船守だと思った。

「船頭さん、渡してくれるかい」

と、船守の影に声をかけた。

船守は返事をしなかったが、ゆっくりと立ちあがった。影は菅笠をかぶっていて、大柄に見えた。まだ暗いため定かではなかったが、船守のような扮装《ふんそう》には見えなかった。それでも伊野吉は、「船頭さん」と、また呼びかけた。

川向こうは下矢切である。

「下矢切に用があって……」

言いかけた言葉を、伊野吉は止めた。

影しか見えなくとも、船守ではないことがわかった。羽織と袴に、腰に帯びている二刀が、川面を背にくっきりとした影を浮かべていた。

「伊野吉」

と影がふりかえり、伊野吉の名を呼んだ。

「誰だ、てめえ」

急にこみあげる怒りを抑えて質した。伊野吉の嗄れた声が、川原の蘆荻をそよがせるように流れていく。

伊野吉はそのとき、背後の蘆荻の中に立ちあがった人影に気づいた。

蘆荻の中の人影は、わずかに二つだった。小勢だと思った。伊野吉は、江戸の町方とは思わなかった。

「伊野吉、おまえにこの川を越えさせるわけにはいかねえ。おまえのいき先は、江戸小伝馬町の牢屋敷だ」

「なんだと……」

町方か。町方がここまできたのか。伊野吉はやっと気づいて驚いた。

歩みの板をゆらし、影が先端から川原の伊野吉へ歩み始めた。

「あやめの権八、女房お夏、権八の手下の秀、京次、それから花川戸の谷次郎と山之宿の谷三郎殺し、そこまではわかっている。おまえが殺し損ねた権八の手下の瓜助が、伊野吉の仕業だと白状した。指物師の伊野吉の正体は、金で殺しを請け負う生業の凄腕だそうだな。おまえの手にかけた相手が、みな無頼な渡世の者らとは言え、殺しはご法度《はっと》だ。詮議の場で堂々と申し開きをするがいい」

影が歩みの板から灌木の林を抜け、蘆荻を分けて近づいてきた。

夜明け前のほの暗さの中にも、菅笠の下の目鼻だちが徐々に見分けられた。その顔に見覚えがあった。

「惚れたお三津の遺骨を、郷里の親兄弟の元に届けにきたのだな。志乃田の遺手のお沢から聞いた」

伊野吉は首をかしげ、影に合わせて蘆荻の中を後退っていった。伊野吉は沈黙を守っていた。

「誤解するな。お沢はおまえを売ったのではない。殺されたお三津を憐れみ、お三津の敵を討った伊野吉というけな気な男に同情し、伊野吉の罪を大目に見てほしい、お上のお情けをと、頼まれた。伊野吉、お上の寛大なお裁きを願い出てやる。江戸へ帰れ」

伊野吉は影を睨み、菅笠の下で薄く笑った。

「三日前、金町村におめえを追ってきた。お三津の両親と兄夫婦の店に、逗留《とうりゅう》していることはわかっていた。おめえが今朝、旅だつことはおれたちが探り出したのだ。お三津の両親も兄夫婦も、おれたちのことは知らねえ。おめえが関所手形や往来切手を、持っているとは思えねえ。矢切の渡しから江戸川を渡ると推量した。推量どおりだったな。このまま大人しく江戸に帰れば、誰も何も知らずに済む。これまでだ。神妙にしろ」

伊野吉は、川原へ歩み出てきた男を沈黙の中から見つめ続けた。

しかし、不意にかすかな驚きの声をもらした。

「そうか。思い出したぜ。てめえ、口入屋の広末の桑吉だったな」

伊野吉の嗄れた声が、川原に流れた。

伊野吉は背後の蘆荻の中に立つ二つの人影のひとつを睨み、

「そこの若造、てめえも覚えてるぜ。こいつと一緒にいた三太だ」

と、声を浴びせた。

「そうか、てめえら、町方だったのか。今わかったぞ。てめえらは変装して、蕎麦屋のあやめを探っていやがったんだな。そうかい。すっかり騙されたぜ。うるせえ口入屋だなと思ったがな」

「そのとおりだ。それが務めだ。おのれの務めを、果たしたまでだ。こっちもまさか、おめえが人の始末の請け負い人とは、気づかなかった。しかも、凄腕と評判だったらしいな。上手く指物師に化けたじゃねえか。こっちもすっかり騙されたぜ。じつはな、あやめの権八が殺された夜更け、おめえが広小路に通りかかったところを見かけたんだ。妙だなと、気にはなった。あのとき、おめえはあやめの権八らを始末した戻りだったんだな」

「そうかい。気になったかい。惜しいことをしたな」

伊野吉は肩のふり分け荷物を、川原に投げ捨てた。そして言った。

「今生の別れだ。名前を聞かせてくれるかい」

川原に沈黙が流れた。

水鳥の鳴き声は絶えず聞こえ、ほの暗い空に少しずつ白みが差していた。

「よかろう。北御番所の隠密廻り方・萬七蔵だ。そっちは……」

「旦那の御用聞の嘉助だ」

「同じく御用聞の樫太郎だ」

七蔵に続いて、嘉助と樫太郎が高らかに言った。

「北町の隠密廻り方の萬七蔵？　聞いた名だな。ああ、もしかしたらてめえ、夜叉萬か。江戸の北町の、夜叉萬の名は、聞いた覚えがある。凄腕とも、腐れ役人ともな。そうかい、てめえが夜叉萬かい」

「そうだ。おめえの始末したあやめの権八を、追っていたのだ」

伊野吉は菅笠の下の顔を、大きく頷かせた。嘉助のほうへ向き、

「嘉助、てめえはじじいじゃねえか。大丈夫かい。あっしは手ごわいぜ」

と、眉をひそめてみせた。

「伊野吉、おめえもじじいになってるぜ。鏡ぐらい見てみろ」

嘉助が言いかえした。

「ふん、見た目はそうでも、中身は違うんだ」

「どうかな。やってみりゃあわかる」

「老いぼれのじじいに、けつの青い若造かい。七蔵、もっと強そうな御用聞はいなかったのかい」

伊野吉は、やおら、菅笠をとり、蘆荻の先へ投げた。菅笠は、小鳥が飛ぶように川原を舞った。

次に、縞の合羽の結びをとき、肩から落とした。

「伊野吉。今さら逆らっても無駄だ。ようく考えろ。惚れた女の郷里を荒らし、おめえの罪深い汚れた血で汚す気か」

「ほざけ、夜叉萬。汚れた血だと？ てめえら役人の血のほうが、よっぽど汚れてるぜ」

伊野吉は懐に呑んでいた匕首を引き抜いた。それを右わきへさげ、盲縞の腹を締めた角帯の後ろの結び目に差していた今一本の匕首を抜きとり、それは左わきへさげ、二本の匕首で身がまえた。

嘉助と樫太郎も、伊野吉に応じて鍛鉄《たんてつ》の十手をかざした。

「じじいだろうと若造だろうと、容赦しねえ。膾《なます》にしてやるぜ」

伊野吉は、七蔵を睨んだまま言った。

「あやめの権八は、あっしを老いぼれと見くびって、騙しやがった。性質の悪い野郎だった。おれをもっと働かせるために、罪もねえお三津を殺しやがった。手下の秀が、お三津をなぶり殺しにしやがった。ああ、可哀想に。あっしのせいで、お三津を死なせてしまった」

伊野吉は目を落とし、自分を責めた。しかしすぐに顔をあげ、続けた。

「だから、あやめの権八にも女房にも、手下の秀と京次にも、あっしがお裁きをくだし、罰を与えてやった。あいつらは、当然の罰を受けた。それだけだ。瓜助を始末し損ねたのが、手抜かりだった」

そして、両手をひろげるように、二本の匕首をゆっくりと両肩の高さへ持ちあげた。

「あっしは指物師の職人に買われた人買いの子だ。親兄弟はいねえ。物心ついたときから、親方に毎日打たれて育った。子供らしく遊んだ覚えなど一度もねえ。使いに出されたとき、悪がきらに囲まれて、汚《きたね》え浮浪児とからかわれ、苛《いじ》めちらされたのさ。親方はあっしが苛められたら、それでまた腹をたててあっしを打った。そんなやつに食わせる飯はねえ、と言った。がきのあっしは、親方になぜ打たれ飯をくわせてもらえねえのか、わけがわからなかった。わかっていたのは、毎日がひもじいってことだけだ。だあれもあっしに目をかけてくれなかった。庇ってはくれなかった。あはは……あっしはがきのときからずっと地獄の中で生きてきたんだ」

伊野吉は小さな黒い穴のような目を七蔵にむけ、一歩を踏み出した。草鞋が蘆荻を踏み締めると、かすかに鳴った。

「十をすぎたころ、無頼の浪人と出会った。浪人は賭場の用心棒だったが、金で請け負って、人を痛めつけたり、ときには始末する、そんなこともやっている二本差しだった。あっしがそれを知ったのはずっとあとだが、その浪人が苛めちらされているがきのあっしを哀れんだ。浪人に喧嘩のやり方をおしえられた。大人の喧嘩もがきの喧嘩も同じだ。どっちが先に死ぬかで勝負は決まる。勝負は先に死んだほうが勝つんだとな。がきがそんなことを言われてわかるわけはねえ。けど、それから何日かがたって悪がきに囲まれたとき、あっしは親方の店に帰りたくねえし、悪がきらにも苛められたくねえから、もう死んでしまいてえと思っていたんだ。十をすぎたばかりのがきがだぜ」

伊野吉は七蔵へ歩みを進めていた。そして、三間ほどの間まで近づき、歩みを止めた。左足を一歩大きく踏み出して膝を折り、左手の匕首を前に突き出してかまえ、右足は引いたまま、右手の匕首を夜明け前の空へかざした。

七蔵は動かず、伊野吉の奇妙なかまえを見守った。そして、

「がきの伊野吉はどうなった」

と、投げた。

「あはは……聞きてえか。教えてやる。あっしは、気を失うほど悪がきらに痛めつけられたさ。けど、まだ生きていた。気がついたとき、あっしの口の中に血だらけの肉の塊《かたまり》が残っていた。口から血がだらだらと流れていてな。あっしの口の中がきれた血と、肉の塊の血だ。悪がきのひとりが、転がり廻って泣き叫んでいやがった。肉の塊を吐き出してから、悪がきの腕に咬《か》みついて、肉を食いちぎったことを思い出した。悪がきらは、肉を食いちぎった野良犬みてえなあっしに、もう手を出さなかった。恐がって逃げ出した。そう、そのときからだ。勝負は先に死んだほうが勝つと言った浪人の言葉が、身に沁みてわかった。それからは、悪がきらに苛めちらされることはなくなった。喧嘩をしても誰にも負けなかった。なぜか親方も、あっしをもう打たなくなったんだ。なぜだか、教えてやるぜ。夜叉萬、おめえにもあっしが味わった地獄を、味わわせてやるぜ」

伊野吉の身体が、一瞬、やわらかく沈んだかに見えた。

八

次の瞬間、伊野吉の身体は躍動《やくどう》し、川原の風をきった。

まるで蘆荻の上をすべるように、見る見る七蔵へ迫った。

七蔵は刀の柄に手をかけ、右足を踏み出しながら鯉口《こいぐち》をきり、大刀を抜いた。

身を低くし、伊野吉を迎え討つ体勢をとった。

伊野吉が奇声を発し、川縁の水鳥の声が途絶え、川原が完全なる静寂に包まれた刹那《せつな》だった。

夜明け前の空を背に、伊野吉は七蔵の頭上高くへ躍動した。そして、右にかざした匕首を、七蔵の菅笠の上から打ち落とした。

うなる刃が、夜明け前の川原を引き裂いた。

七蔵はぎりぎりのところで、その一閃を自分の左へ払い、身を躱した。

すかさず襲いかかってくる伊野吉の左の匕首を、これも素早く右へ、かあん、と打ち払う。

伊野吉が右手の匕首をかえして再び襲いかかってくるのを、七蔵はすんでのところでかいくぐり、身を伊野吉の後方へ入れ替えつつ胴を薙《な》いだ。

ところが、伊野吉は七蔵の胴抜きすれすれに鳥のように滑空《かっくう》しながら反転し、同時に左手の匕首を七蔵の右肩先へ浴びせた。

七蔵はそれを躱しきれなかった。

伊野吉の奇声が再び川原に走り、刃が七蔵の羽織の右袖を舐めた。七蔵の上《じょう》膊《はく》をかすかな痛みがかすめた。

七蔵の体勢がくずれた。

しかし、瞬時も怯まず、体勢のくずれたところを踏み止まった。身をひるがえし、かえす刀をうならせて上段《じょうだん》より打ち落とした。

途端、伊野吉は七蔵の逆襲を予知していたかのように、左手の匕首で下から受け止め、刀身に絡《から》みつけながら下へ巻き落とした。

刀の切先が地を咬んだ途端、伊野吉の右の匕首が、間髪《かんはつ》を容《い》れずに顔面へ打ちかかる。

しまった。

と思った。体《たい》を躱しても、深手を覚悟しなければならなかった。そんな間しかなかった。匕首が空に斬り裂いた。

咄嗟に、朱房の十手を左で逆手《さかて》につかみ、伊野吉の匕首を受け止めた。

二つの鋼《はがね》が激しく打ち鳴って、伊野吉の凄まじい膂力《りょりょく》が受け止めた十手にのしかかった。

七蔵は身を撓《しな》らせた。

すると、黒い穴のような目が七蔵の空虚を嘲笑《あざわら》い、白い息がかかった。

「てめえには、無理だ」

次の瞬間、伊野吉の太い足が七蔵の腹をしたたかに蹴った。

七蔵の身体が吹き飛んでいった。川縁の灌木の幹の根元に叩きつけられ、枝葉が飛び散り、ひしげるような音をたてて折れかかった。

それでも、刀と十手はにぎっていた。

伊野吉が、止《とど》めを刺すために突進してくるのが見えた。

「そうはさせねえ」

嘉助が伊野吉の背後に迫り、十手を浴びせた。

伊野吉は反転し、嘉助の十手を軽々と払い、二本の匕首を白い閃光のようにふり廻した。

嘉助が懸命に蘆荻の中へ転げて逃れる。

一瞬遅れ、樫太郎が十手を打ちこんだ。

素早くひるがえった伊野吉の体軀が躍動し、樫太郎をやすやすと蹴散らした。

「わあ……」

樫太郎も伊野吉に追い廻され、蘆荻の中へ転がされた。

「伊野吉、相手はおれだ」

七蔵は伊野吉にそう投げつけた。七蔵は腹の痛みを堪えて立ちあがり、白い呼吸を繰りかえした。

伊野吉は七蔵へふりかえると、二本の匕首をまた悠然と高く掲げた。

「わかってるぜ、夜叉萬。雑魚はあとだ」

踏み出しながら、伊野吉は言った。

「あっしは親方の目を盗んでは、浪人の裏店へ喧嘩の稽古をつけてもらいに通い始めたのさ。浪人に稽古をつけてもらうごとに、自分が変わっていくのがわかって、指物師の修業なんぞよりはるかに面白かった。親方は怒鳴ったが、もうあっしを打てなかった。あっしと目を合わせても、向こうから目をそらすようになった。隣近所に、あっしが盛り場の破落戸どもとつき合い出してやっかいなことになった、困った、と言い触らした。実際、浪人の裏店には、頭のおかしな食いつめ浪人や、物騒な博徒や、柄の悪いやくざらが、始終出入りしていたからな。だが、親方が何を言おうとあっしは平気だった。なぜならな、浪人の下で稽古をしているうち、指物師の腕もどんどんあがっていくのさ。十代の半ばをすぎたころには、あっしは親方より腕のいい指物師の職人になっていた。親方はそれを、人には知られねえようにしていたがな」

「伊野吉、指物師の腕も稽古を積んだ腕前も、使い方を間違えたな」

七蔵は伊野吉へ歩みを進めた。逆手の十手を左に軽くさげ、右の刀を肩へ戯れにかついだ恰好にかまえた。

「使い方だと？　見えるものしか見えねえってかい。夜叉萬はその程度かい。見えなくともあるものはあるのさ。あっしは、二十歳になる前から、浪人の請け負う裏稼業の手先を務めるようになった。浪人が人を斬ったのを見たのは、十九のときだ。旗本の部屋住みでよ。賭場と女郎屋で、つまらねえ借金を拵え、そんな借金など払えるか、みてえなふる舞いをしていやがった。とんでもねえ、たかりだった。部屋住みは浪人に斬られ、疵口から臓物をひり散らしてくたばりやがった。人が斬られたらどうなるか、よくわかったぜ。あっしが最初に殺った野郎は、けちな地廻りだった。そいつは堅気の表店で、強請りたかりを繰りかえしていやがった。けど、堅気の表店にも他人に知られたくねえ負い目があって、役人に訴えられなかった。そこで堅気は、浪人に地廻りの始末をこっそり頼んだ。浪人があっしにやってみろと言ったから、やってのけたさ。地廻りは、声もたてずにくたばりやがった。あっしが二十歳のときだ」

七蔵と伊野吉は、再び三間の間まできて、歩みを止めた。伊野吉は、左足を前へ大きく踏み出し、膝を折った。左手の匕首を七蔵に突きつけ、右足を引いたまま右手の匕首を宙に遊ばせた。

「それからあっしは、浪人や仲間らと、人の始末を請け負う生業を始めたのさ。指物師の職人暮らしに見きりはつけなかった。表稼業を持っていたほうが、本業の生業もやりやすかったからな。芸は身を助くとは、よく言ったものだぜ。指物師の表稼業のお陰で、あっしの生業に気づくやつはいなかった。この歳まで無事にやってこられたのも、指物師の稼業のお陰さ。長いときが流れるうちには、上手くいくときもありゃあ、いろいろあぶねえときもある。江戸に出てきたのは、十年前だ。お頭の浪人が老いぼれて、仕事でどじを踏んだ。浪人は怪我を負い、それが故《もと》で死んだ。それから、浪人の店が役人にとり囲まれたのさ。それから、あっしら仲間は散り散りになった。あのころ、おれは四十歳をすぎていた。江戸に出て、裏店を転々とした。七年前、浅草の裏店に住まいを定めたとき、危ねえ生業はもう辞めたつもりだった。指物師の仕事だけで生きていく覚悟だった。ところが、浅草に住み始めて四年がたったある日、あやめの権八があっしの前に現れた」

伊野吉は七蔵へ、ゆっくりと歩み始めた。

七蔵も踏み出した。

「権八はあっしの昔の仲間から、あっしが浅草で堅気の暮らしをしていると聞きつけ、そんな請負人にけちな指物師の貧乏暮らしをさせとくのは勿体《もったい》ねえ、と思ったそうだ。あっしの前に現れた権八は、前みてえに仕事を請けねえかい、と誘った。誘われたとき、あっしの身体はうずうずした。まだまだやれる、隠居の歳じゃねえと、あっしにはわかっていた。それがあっしの本業だからよ。だが、もう請負人は辞めた、とそのときはこたえた。腕は鈍《にぶ》っちゃいねえが、請負人の性根は鈍っていた。危ねえ仕事はもういい、と思っていた。堂前でお三津と出会ったのは、それからまた二年がたったときだ。お三津は気だてのいい女で、あっしを嫌わなかった。気持ち悪がらなかった。あっしに、あんなに優しくしてくれたのはお三津が初めてだった。あっしはお三津を身請けし、女房にしたいと思った。

金が要るのさ。権八に会い、請け負いの話はまだ生きているのか、訊いた。権八は、花川戸と山之宿の谷次郎谷三郎兄弟の縄張りを狙っていやがった。請負代金は、ひとり二十両だと言った。二十両あれば、お三津を身請けできる。だからまた、始めることにしたのさ」

蘆荻が七蔵の踏み出した足をなぶるようになでて、水鳥の途絶えていた鳴き声が、賑やかに沸きあがっていた。

「伊野吉、お三津はおめえの正体を知っていたのかい」

「いいや。お三津は気だてのいい女だ。あっしは何も話しちゃいねえ。けど、お三津なら、きっと、お三津なら、わかってくれる……」

「憐れだな、五十になって初めて惚れた女と、偽《いつわ》りの所帯を、持つつもりだったのかい。血で汚れたその手で、女房を可愛がるつもりだったのかい。おめえの血で汚れたその生業の所為《せい》で、お三津は殺されたんだ。それがおめえの、本望だったのかい」

「ほざけ、夜叉萬。てめえごときに何がわかる。あっしはこれまで、数えきれねえぐらいの始末を請け負ったが、どいつもこいつも始末されて当然のやつらばかりだった。まっとうに生きている堅気に手をかけたことはねえ。てめえらこそ、嘘をつき、利欲に溺《おぼ》れ、偽りにまみれた腐れ役人じゃねえか」

伊野吉が投げつけるように言った。

「けどな、夜叉蔦。その本業も今度こそ終わりだ。てめえら腐れ役人があっしの生業の、最後の始末だぜ」

両者の間はすでに消え、白い吐息がかかるほど肉薄していた。

伊野吉の黒い穴のような目が、七蔵に的を絞り突き刺さった。

そのとき、悲鳴のような奇声が川原に甲走り、鳥の声が一斉に止んだ。

伊野吉の体軀が、高々と宙へ躍った。伊野吉は白い息を猛《たけ》り狂った獣《けもの》のように夜空へまき散らし、七蔵の頭上から襲いかかった。

七蔵は逆手の十手をかざし、一撃を受け止めた。

伊野吉との間が近すぎることはわかっていた。

だが、反撃の一刀を浴びせた途端、伊野吉の匕首が七蔵の一刀を予期していたかのように易々と受け止め、すかさず、刀身にからみついて巻き落とした。

「終わりだ」

からみついた匕首がかえり、七蔵の顔面を斬りあげた。

切先が吹きつける風のように、七蔵の顎から頬、額へとすれすれに走り、菅笠を斬り破った。菅笠の破片が飛び散ってゆく。

だが、それよりも一瞬早く、七蔵が巻き落とされた刀を捨てていたことに、伊野吉は気づいていなかった。

捨てた刀が蘆荻の中へ転がったとき、七蔵は脇差を抜き放ち、伊野吉の脾腹《ひばら》を薙ぎ払っていた。七蔵の菅笠を裂いた刹那、伊野吉はそれに気づいた。

一旦、身体を浮きあがらせた。

しばしの静寂がすぎた。伊野吉は動かず、やがて、川原の水鳥がまた一斉に鳴き始めた。思いもよらぬ事態を受け止めるのに、間が要った。それから、

「くそ」

と、伊野吉はうめいた。

片膝を落とし、顔を伏せた。

再び、伊野吉は立ちあがりかけた。しかし、そこで力つきてくずれ落ち、蘆荻の間へ横転した。

脾腹から音をたてて血があふれ出て、周りの蘆荻を赤く汚した。

かすかなうめき声をもらし、小さな黒い穴のような目で、七蔵を見あげた。

「てめえ」

伊野吉が七蔵に、呼びかけた。

「伊野吉、これでよかったのか」

七蔵は脇差と十手を垂らし、伊野吉を見おろした。

「あたりめえだ。てめえらなんぞに、捕まるわけにはいかねえんだ。あっしは、自由だ。お三津のところへ、いくのさ。てめえらには……」

そこまでしか言葉にならず、伊野吉は黒い穴のような目を、宙へ泳がせた。そうして、その目が赤い帯を締め始めた江戸川の、東の果ての空を見つめたまま、力を失い、停止した。

嘉助と樫太郎が、伊野吉の左右に走り寄った。

「旦那」

樫太郎が言った。

「恐ろしい男だ。親分と嘉助に助けられた」

七蔵は、嘉助と樫太郎を見廻した。

「ああ、よくご無事で。あっしは肝を冷やしやした」

嘉助がかえし、大きな息を吐いた。

結　お藤ねえさん

その十一月の下旬になったある夜、地廻り・富太郎の下谷山伏町の裏店に、北町と南町の捕り方が踏みこんだ。富太郎は酒を呑んでへべれけになっていて、殆ど手向かいできなかったが、同居人の上野《こうずけ》は沼田《ぬまた》の浪人・村本晋右衛門《むらもとしんえもん》と佐山小太夫《さやまこたゆう》は、捕り方相手に刀をふるい、暴れ廻った。

いずれにしても、三人の捕縛はさほど手間はかからず、とり調べの南茅場町《みなみかやばちょう》の大番屋《おおばんや》へ引ったてられた。

地廻りの富太郎、沼田の浪人・村本晋右衛門と佐山小太夫の三人は、先月、浅草田原町一丁目の吉兵衛店に住む正五が、三島明神と田原町一丁目の境の小路で襲われて殺され、金銭を奪われた一件の廉《かど》で捕えられたのだった。

一件があった当日、正五が大松寺の賭場で大勝ちし、それを同じ賭場にいた富太郎が見ていた。富太郎は村本と佐山を語らい、正五の懐の金を目あてに、夜更けの帰り道で襲った。三人は、正五を斬り捨てて金を奪うと、亡骸を三島明神の社の裏の草むらに投げ捨てた。

三人が下手人であることを探り出したのは、花房町のお甲だった。

お甲には、目安方の久米信孝と隠密廻り方の萬七蔵の口添えにより、北町奉行小田切土佐守よりご褒美《ほうび》が出ることが決まっている。

とも角、その捕物から五日がすぎ、十一月も末に近づいた昼さがりだった。

七蔵と樫太郎は船で隅田川をさかのぼり、向島隅田村の水神の近くにある《言問いの渡し》から船着き場にあがった。

小春日和《こはるびより》のやわらかな日が、隅田川原に降っていた。

七蔵と樫太郎は渡し場から木母寺の近所の、鶯垣に囲われた下り塩仲買問屋《隅之江》の寮に、刀自のお純を訪ねた。

七蔵と樫太郎を「おいでなされませ」と出迎えた年配の下男が、庭に面した縁側の、腰障子を開け放った客座敷に二人を通した。

庭のくぬぎや楢の木では、あおじが心地よさげに鳴いていた。

鶯垣の向こうに、日和のよい昼さがりの木母寺の境内が見えていて、境内では隅田村の子供らが遊んでいる。

熱く香ばしい煎茶《せんちゃ》が出てほどなく、お純が客座敷に現れた。

お純は紫紺の地に白い葉模様を散らした、地味ながら刀自の静かさに似合う小袖を着け、真新しい白足袋が青畳に映える装いだった。

丸髷の銀色に見える白髪にも、年月をへた穏やかな老いにも、若い女の艶やかさとは異なる清楚《せいそ》な気品が感じられた。

この寮にお純を訪ねるのは、今日で四度目になる。訪ねるたびに、七蔵はそこはかとない悲しみのようなものを、なぜか覚えた。

「お役目、ご苦労さまでございます」

七蔵と樫太郎に向き合ったお純は、さり気なく手をつき、辞儀をした。それから、「先日は、お力添えをいただき……」と、先月の《隅之江》の奉公人の恵吉とお豊との一件の礼を改めて述べた。

「今日、うかがいしましたのは……」

と、七蔵はきり出した。

「先だって、浅草田原町の正五を襲い命を奪った賊《ぞく》が捕まったことをお知らせするためです。賊は地廻りがひとりと無頼の浪人が二人の三人組でした。今は牢屋敷で、詮議が始まるのを待つ身です。打ち首はまぬがれぬと思われます」

お純はほのかに顔を赤らめ、小さなため息をついた。少し物憂げな顔つきを七蔵へ向け、

「はい」

と、それだけしか言わなかった。

「大した御用ではありませんが、やはりこれは、お純さんにお伝えしたほうがよいかなと考えたもので」

七蔵はお純と目を合わせた。二人は笑みを交わし、頷き合った。

「わざわざ、お知らせいただき、ありがとうございます」

これで御用は済んだ。のどかなお日和で、だとか、向島でのお暮らしは、などと、とり留めのない会話を交わしにきたのではなかった。

七蔵とお純に話すことは、なかった。

しかし、七蔵は座をたたなかった。今少し、と思っていた。

鶯垣の囲う庭に、淡い草色の着物を着け、背中を丸めた小柄な老女が、寮の下女につき添われて、覚束ない足どりをゆっくりと運びながら現れた。

老女は日和の下で、冬の合い間の束の間の穏やかさを味わうように、綺麗に梳《す》いた白髪をたばね髪にした頭をもたげ、庭の木で鳴くあおじを見あげた。あおじ

を指差し、下女に何か話しかけ、下女も笑いかけてこたえていた。

それから、日和の下でゆるやかに舞うように、客座敷の縁側のほうへきて、お純を見つけて笑った。お純は老女に微笑んでいる。

「お藤ねえさん、気分はいかがですか」

お純は庭のお藤へ声をかけた。けれども、お藤には聞こえておらず、

「お純、いい天気だよ。あんたも庭に出てごらん」

と、淡くかすれた声をかえした。お藤の言葉に、遠い昔のお藤の気風をかすかに感じさせた。

お藤は、お純と向かい合った七蔵と樫太郎にやっと気づき、老いて清らかな顔を向け、不思議そうに見つめた。

「先だっては……」

七蔵は辞儀をしたが、お藤は覚えていなかった。先月のことも、たぶんもう覚えていないのだろう。

お藤は下女の手を借りて縁側の沓脱《くつぬぎ》にあがり、座敷の三人に背を向け、縁側の陽だまりの中に腰かけた。そうして、背中を丸めて、置物のように動かなくなった。あおじのさえずりと、隅田村の青空に浮かぶ雲と、やわらかな日が、お藤の

小さな背中を包んでいた。

「お藤さんはわたしが見ていますから、呼ぶまでいいですよ」

お純が下女に言った。

下女が退ると、七蔵は縁側のお藤からお純へ向きなおった。

「先日、浅草で調べがあって、その戻りに田原町の吉兵衛店に寄りました。正五があんなことになってから、病に臥《ふ》せっていたおかみさんが、その後どう暮らしているのか、気になっていたんです。するとね、正五の住んでいた店はもう別の住人に替わっており、隣の住人から、残されたおかみさんは縁者に引きとられていったと聞かされ、どういう縁者だと、それがまた気になりました」

縁側のお藤を見守るお純の横顔には、静かな笑みが浮かんでいる。

「家主の吉兵衛に訊ねて、大方の事情がわかり、そうだったのかと、腑には落ちたものの、ちょっと意外でした。じつは昨日、小網町の隅之江さんのお店を訪ねて、ご主人の由右衛門さんから、お純さんと正五とお藤さんのかかり合いを訊いたんです。由右衛門さんも、お純さんから二人が昔の知り合いと聞いているばかりで、正五に毎月の手あてをわたしたり、正五亡きあと、歳をとったお藤さんを寮に引きとったりと、昔の知り合いとはいえ、お純さんがそこまでする子細は知らないと仰っていました。母《かか》さまのなさることに、倅のわたしは口出しできませんので、と笑っていらっしゃった」

お純は笑みを浮かべるだけで、何も言わなかった。

縁側に腰かけたお藤の後ろ姿は、日和に淡く溶けてしまいそうだった。

「わたしにかかり合いのない、余計な詮索だとはわかっているんですがね。どうもまだ気になるんです。性分と言いますか、すっきりせんのです。正五に会ったその日の夜に、正五が命を落とした。妙な廻り合わせになり、正五に町方のとんちきと言われたことが、頭から離れません」

するとお純は、細く長い指先を薄化粧の口元にあて、声もなく笑った。

「あの日、東仲町の酒亭で、正五はこう言ったんです。絵師や戯作者になる才知と能力は、突然、沸きあがり、雷のように鳴り出し、それが沸きあがり鳴り出したら、もう当人ですら止められない。この酒場ででも絵は描けるんだ。血湧き肉躍る読本が生まれるんだとね。ふと、正五の自信にあふれ、颯爽とした若き日の姿が、目に浮かびました」

お純の横顔が、少しはにかんだように感じられた。

「それから、正五はこうも言いました。お純さんは自分の才能に心服している。

だから、自分に金を用だてると申し入れてきた。昔馴染みだから、そこまで言うならと受けとってやっただけだ。自分がその気になれば、お純さんでなくとも、自分の才能に惚れこんで、用だててくれるひいきはいくらもいる。頭の中に糠味噌しかつまっていない町方は、世間は血の廻りの悪い人間ばかりだと思っているだろうが、おまえらとできの違う人間はいるんだと、本当に散々でした」

沈黙が流れた。くぬぎと楢の木々の間で、あおじが鳴いている。

七蔵はお純の沈黙を乱さぬように、言葉をかけた。

「正五の才能に、惚れこみ、心服していたんですか」

お純は微笑み、懐かしげに言った。

「正五さんらしい。正五さんは、若いときから、いえ、若いときはもっと、もっと、そうでした。いつも目を輝かせ、気位が高く、自分の才能を信じている人でした。でも、時どき、途方にくれたような、悲しげな目をして、ふさぎこんで、なんとかしてあげたいと思ったことを、今でも覚えています」

「正五と、何があったんですか」

「何もありません。何もなかったから、わたしは今、ここにいます。正五さんに月々のお金をわたしていたのは、何もなかったからです」

お純は、わかるような、わからないような言い方をした。それから、小さな吐息をもらした。

「正五と知り合ったのは、どこで？」

お純は、やおら、話し始めた。

「正五さんとお藤さん夫婦は、両国広小路に近い元柳橋の見える米沢町《よねざわちょう》三丁目の裏店に住んでいました。お藤さんは正五さんのひとつ年上の姉さん女房で、絵師の仕事は始めていたけれど、あまり売れない正五さんを支えて、広小路のお茶屋さんで働いていたんです。わたしが、正五さんの絵を見て、なんていい絵なのだろうと胸を打たれてひぃきになったのは、十九のときでした。利根川《とねがわ》の船旅を描いた旅景色の錦絵《にしきえ》でした。今見ると、じつはそれほどでもないのですが、娘だったわたしは、昂ぶる気持ちを抑えられませんでね。広小路の板元《はんもと》を訪ねて、正五さんとお藤さんの米沢町のお店を教えてもらったんです」

そう言って、七蔵へ品のよい笑みを向けた。

「あのとき、板元のご主人が若かったわたしに言ったんです。正五はもっとどんどん絵を描かなきゃあだめだ。あの男は、小器用だからなんにでもすぐに手を出すけれど、すぐに飽きて途中で投げ出しちまう。才は備わっているのに、ずぼらな気性がもったいないねえって。でも、板元のご主人の仰っていたことが、そのときのわたしには、よくわかりませんでした。こんな絵を描く正五という絵師はどういう人なのだろう、会いたい、話を聞きたい、としか思っていなかったのです。じつはね、正五さんに会うまで、わたしは、わたしの父よりも年上のお年寄りを、勝手に思い描いていたのですよ。おかしいですね。絵師とはそういう人だと勝手に思いこんで、正五さんの歳も知らなかったのです」

「正五はお純さんより五つ、年上です。十九のとき裏店に訪ねたのなら、正五は二十四の、まだ二十代の半ば前の若い男だった」

お純はゆっくりと頷いた。

「あまりに若いので、驚きました。おかみさんのお藤さんも、本当に若くて綺麗で、わたしは胸をどきどきさせて、正五さんとお藤さんに向き合って、夢中になって絵の話をしたことを思い出します。今でも忘れられない思い出です」

お純はうっとりとした横顔を見せ、懐かしそうに続けた。

「正五さんはなんでもよく知っていて、下沢正五という名前で戯作も書いていました。読本が出ていることや、今に世間があっと驚くような絵と読本の両方を売り出すつもりだと、若衆のように熱く語っていました。その様子が初々《ういうい》しく、そんな正五さんをお藤さんが支えている夫婦の様子が、とても微笑ましかったのです。わたしは正五さんの絵や読本より、正五さんとお藤さん夫婦がもっと好きになってしまったのです。わたしたちはすぐに打ちとけて、お友だちになりましてね。初めは十日おきぐらいに米沢町を訪ねていたのが、五日おきになり、三日おき、二日おきになり、毎日のように訪ねていたこともあります」

お純は、そのころの自分をおかしがるように笑った。

「お藤さんがお茶屋さんに働きに出ている間、わたしが絵や戯作の仕事をしている正五さんのご飯を拵えてあげたりとか。それから、三人で両国の川開きの花火、品川《しながわ》まで出かけた十五夜のお月見、大晦日《おおみそか》の夜更けにこっそり家を抜け出し、王子《おうじ》稲荷の狐火《きつねび》を見にいったりとか、三人であちこちに出かけました。あとで知りましたが、父や母は遊び出歩くようになったわたしの身を、とても案じていたようです。下女がついていましたが、下女を連れていくときもあれば、下女の目を盗んでいくときもあって、大騒ぎになったこともあります」

「お純さんは、大店の隅之江の跡とり娘でしたからね」

七蔵が言うと、お純はまた声もなく頷いた。

「あれは一年近くがたって、二十歳の夏になる前でした。ある日、お藤さんがお茶屋さんの勤めに出ていたとき、正五さんにいきなり抱き締められたのです。今日のようによく晴れて、米沢町の裏店の路地に、明るくまぶしいくらいの日が射していた午後でした。わたしは正五さんに抱き締められるまま、じっとしていました。あのときわたしは、拒めませんでした。正五さんがわたしの口を吸って、わたしは、いけない、お藤さんに叱られると、思いました。でも、心の中の何かがくずれるみたいに、どうにもならない流れに流されるみたいに、自分の気持ちが正五さんに傾いてゆくのを、とめることはできませんでした」

お純は、縁側のお藤の丸い背中を眺め、まるでお藤の許しを待つかのように言葉を止めた。

「それから、どうしたんです？」

七蔵はお純を促した。

「さっきも言いましたように、わたしと正五さんとは、それ以上のことは何もなかったのですよ。あのときわたしは、ただじっとして正五さんに抱き締められ、言葉もなく、うっとりとしていただけなのです。正五さんはわたしの耳元でささやきました。二人で水戸へいって暮らそう。新しい暮らしを二人で始めよう。水戸に知り合いの板元の主人がいる。板元は、自分の絵双紙《えぞうし》を売り出したいと、言っている。だから一緒にきてほしい。わたしは、お藤さんも一緒になの、と訊いたのです。すると、いいや、お藤はいかない、お藤にはおれの絵がわからない、おれの絵の値打ちを知っているのは、お純だと。ああ、どうしよう、お藤さんを苦しめることになると胸が痛みました。でも、わたしが正五さんを支えてあげなければとも、思っていたのですよ。やっと二十歳になったばかりの愚かな女に、頷く以外に何ができたでしょう。わたしは、黙って頷きました」

「欠け落ちを、約束したんですね」

「心から愛《いと》おしみ育ててくれた両親を捨て、百年続いた隅之江の身代《しんだい》を捨て、生まれ育った小網町の町を捨て、大好きなお藤ねえさんを裏ぎることになってもかまわないと思いました。これは神さまが与えてくれた定めなのだと、思いました。わたしは、正五さんとただ二人、知らぬ他国で暮らす道を選んだのです」

あおじが鳴き、縁側のお藤が、ゆっくりと頭をもたげた。

お純はお藤に釣られたように、庭へ目を投げた。そして、なおも続けた。

「欠け落ちの日は、四月の初めでした。それまでに、正五さんが水戸の板元さんの助けを借りて、手形か往来切手を調える手はずでした。朝六ツ、四ツ木村の曳船の船着き場のある茶屋で、落ち合うことにしていました。その朝、小網町の店を出たときは、外はまだ真っ暗でした。恐かったけれど、燃える思いが勝っていました。駒形町まで船を頼み、そこから夜明け前の道を四ツ木に向かいました。四ツ木の二軒茶屋に着き、正五さんがくるのをわたしは待ちました。両親にはずっと、心の中で詫びていました。それから、大好きなお藤ねえさんにも繰りかえし詫びました。正五さんが立派な絵師になれるよう、一生懸命に支えますと、お藤ねえさんに心の中で誓いました。それがお藤ねえさんへの、わたしの両親へのせめてもの恩がえしと、本気で思っていました」

「正五はきたんですね」

そう訊くと、お純は七蔵に穏やかな笑みをかえし、首を左右にふった。

「東の果てに赤い帯のような明るみが射し、夜明け前の空が少しずつ白んできていました。明けの六ツが近くなったころ、町駕籠《まちかご》が、田畑の中の用水の橋を渡って、わたしが待っている茶屋のほうへくるのが見えました。ああ、正五さんがきたと思いました。わたしの胸はどきどきと鳴って、張り裂けそうでした。けれども、駕籠が茶屋の前に着いて出てきたのは、正五さんではなく、お藤ねえさんでした。お藤ねえさんは、今まで見たこともないような恐い顔をしてわたしの前へきて、お純の馬鹿、と言ったのです。正五から全部聞いた。あんな男の言うことを真に受けて、どこへいく気なの。あんたみたいなお嬢さま育ちが、何を甘いことを言っているの。正五は悪い男じゃない。才能もあるとわたしは信じている。でもあの男はどうしようもないぐうたらなの。嘘つきで、気まぐれで、自分に甘くて、つらいことに我慢ができなくて、わがままで、見栄っ張りで、そのくせ小心者《しょうしんもの》で、寂しがり屋で、ひとりでは何もできない臆病者で、泣き虫で、正真正銘の駄目な男なの。正五はお嬢さまのお純がひいきにしてくれるから、そんなことはこれまでになかったから、いいところを見せようとして、絵師やら戯作者のふりをしているだけなの。正五は、本物の絵師にも戯作者にも、まだなっていないの。いつなれるかもわからないし、なれないかもしれないの。わたしはあの男の女房を長いことやってきたから、わかっているの。お純は正五のことが何もわかっていないの。お純と正五は生きる世界が違うの。ご両親の元に帰りなさい。自分の世界に帰りなさい。自分の生きる道をいきなさい。お藤ねえさんが恐い顔をしてそう言うのを、わたしはひと言もなく、ぼうっとして聞いていました。それから、お藤ねえさんに無理やり駕籠に乗せられ、小網町の店に帰されたのです。小網町三丁目の下り塩仲買問屋の隅之江さんだよ、とお藤ねえさんが駕籠屋さんに、ちょっと鉄火《てっか》な口調で言っていた声が、今でも思い出せます。駕籠にゆられているうちに、泣けてきましてね。泣けて、泣けて……」

お純の目が、少し赤く潤んでいた。

しかし、お純は穏やかな笑みを消さなかった。縁側のお藤へ潤んだ目を向け、懐かしそうに、すぎた日を思い出しているようだった。

「何もかも、運ですね。でもね、お藤ねえさんのお陰で、わたしは不仕合《ふしあわ》せではありませんでしたよ。今、この歳になって、あれは決して悪いことじゃなかったって、思えるようになったのです。お藤ねえさんのお陰だったって、わかるのですよ。長く平凡で退屈な、けれど、わたしにはすぎた幸せだったって、わかるのですよ」

縁側のお藤は、庭の木へ白いたばね髪の頭をもたげ、あおじの鳴き声に聞こえない耳を傾けていた。


七蔵と樫太郎は、隅田村の百姓に頼んで、《言問いの渡し》の船着き場から船に乗ることができた。

午後の日はまだ青空に高く、穏やかな日が川面に降りそそいでいた。深い紺色に染まった隅田川は、静かに、ゆったりと流れていた。流れの彼方に架かる吾妻橋を、多くの人影がいき交っているのが見える。

艫の船頭の漕ぐ櫓が、かすかに軋んでいた。

胴船梁に腰かけた七蔵は、青空の下の吾妻橋のほうを眺めつつ言った。

「樫太郎、おまえはいつかは読本の作者になると言っていたな」

樫太郎は、胴船梁と艫船梁の間のさなに坐り、やはり流れの彼方の吾妻橋のほうを見やっていた。

「へい。あっしは、物書きになって読本を売り出したいと思っています」

樫太郎は、七蔵の背中にこたえた。

「さっきのお純の話は、面白い読本の種になるんじゃねえかい」

「面白い読本の種になると思います。けど、あっしの一番最初の読本は、夜叉萬物です。夜叉萬が主人公です」

「そうか。夜叉萬物か。それは面白い話になりそうかい」

「間違いなく、面白い読本になりますよ」

「そうかい。面白い読本になるかい。楽しみだな」

七蔵は言った。

川沿いの橋場町の空に雲がたなびき、鳶《とんび》の影が高く舞っていた。

隅田川を漕ぎのぼる平田船といき違って、船は七蔵と樫太郎を乗せ、静かに、ゆっくりと、どこまでも進んでいった。

光文社文庫

文庫書下ろし／長編時代小説

夜《や》叉《しや》萬《まん》同《どう》心《しん》 もどり途《みち》

著 者 辻《つじ》 堂《どう》 魁《かい》

2017年7月20日 初版1刷発行
2022年4月5日 6刷発行

発行者 鈴 木 広 和
印 刷 堀 内 印 刷
製 本 ナショナル製本

発行所 株式会社 光 文 社
〒112-8011 東京都文京区音羽1-16-6
電話 (03)5395-8149 編 集 部
8116 書籍販売部
8125 業 務 部

ISBN978-4-334-77500-1 Printed in Japan

組版 萩原印刷